盛夏花开　清风追梦

孙艺藩　著

国文出版社
·北京·

图书在版编目（CIP）数据

盛夏花开　清风追梦 / 孙艺藩著 . -- 北京 ：国文
出版社，2025 . -- ISBN 978-7-5125-1819-3

Ⅰ . I267

中国国家版本馆 CIP 数据核字第 2024SK2316 号

盛夏花开 清风追梦

作　　者	孙艺藩
责任编辑	戴　婕
策　　划	凌　翔
责任校对	陈一文
装帧设计	董运银
出版发行	国文出版社
经　　销	全国新华书店
印　　刷	三河市中晟雅豪印务有限公司
开　　本	787毫米×1092毫米　　　16开
	12.5印张　　　　　　104千字
版　　次	2025年2月第1版
	2025年2月第1次印刷
书　　号	ISBN 978-7-5125-1819-3
定　　价	59.80元

国文出版社
北京市朝阳区东土城路乙 9 号　　邮编：100013
总编室：（010）64270995　　传真：（010）64270995
销售热线：（010）64271187
传真：（010）64271187-800
E-mail：icpc@95777.sina.net

序 言

◇ 沉香红

期盼已久，艺藩的书终于要出版了。我很期待，也很激动。对我来说，陪伴一个从小热爱写作，梦想成为作家的小女孩一步一步成长，是一件非常幸福的事。当然在我这个老师的眼里，更为幸福的是她有一个从始至终坚定不移地支持她追梦的母亲。

这让我想到了自己的童年时期。我的童年时光是在乡下山村度过的，记得有一次，父亲为了帮我买一本作文书，翻山越岭去一个相对发达的小县城购买。那时的我，没有她这么幸运，当然更没有一个专属于她的老师陪着写作，但我的父亲看出了我的热爱，他鼓励我说："只要你坚持写，以后爸爸给你出一本书。"

我记得，在我小时候，许多父母只是重视那些作文写得不好的孩子，反而忽视了给予那些从小对写作有浓厚兴趣，作文写得非常不错的孩子的引导。现在看，提高写作水平不高的学生的写作能力固然重要，提高写作能力强的孩子的写作水平也很重要，说不定就培养出一个茅盾文学奖、鲁迅文学奖甚至诺贝尔文学奖的获奖作家来。

孙艺藩喜欢写作，她的母亲毫不犹豫带她来西安找我，拜师学艺。

这一年多的时间里，艺藩每个星期都会挤出来专门的时间，跟我学写作。这本书里的作品，就是在这一年多的时间里完成的。艺藩写作的过程中，我们会一起交流，研究每一篇作品究竟要告诉人们什么，要给读者带来哪些内容。在紧张的初中学习生涯中，艺藩忙中挤时间，每天坚持阅读好的作品，坚持写读书笔记，几乎每个周末都在我的陪同下写作。艺藩的文字语言优美、生动，所写的故事感人、有趣。她将少年眼中的"忧伤"与喜乐都写得让人共情。

她喜欢写春天的清风，夏天的雨，喜欢写春花秋月，喜欢在青春飞扬的年纪，将花季少女的故事用细腻的笔触融入字里行间。

经过一年多时间的写作训练，艺藩终于小有圆满，给我们带来了惊喜。目前，她的这本让人充满期待的作品就要问世了。

此时我早已定居在了大理，孙艺藩为了这本书能够打磨得更饱满，又与母亲一起来到了大理，住在我的身边，每天除了完成其他功课的作业之外，便是继续挤时间来修改作品。

我被这个勤奋、上进、充满梦想的女孩子的精神所打动。她每天早上不到7点就起床开始早读，接着会做暑假作业。每天除了游泳、散步，便是写作、演讲，抓住点滴时间在完善自己。

　　尽管我知道她很辛苦，但艺藩从未抱怨与放弃。在她身上，我看到了少年扬帆起航，乘风破浪的精神。就像奥运会上那些体育健儿，台上一分钟，台下十年功。我相信，只要她持之以恒地去努力，她的未来一定非常精彩、出众。

　　　　　　　　　　　（序作者系孙艺藩的写作导师）

目录

学做一天"母亲"

"悠悠慈母心，惟愿才如人。蚕桑能几许，衣服常著新。"听到这句，我便能想起妈妈。

我向来学习成绩还可以，也是乖顺听话的好学生形象，是家长口中的"别人家的孩子"，懂礼活泼的性格深得长辈们喜爱。我喜欢看到妈妈同别人聊起我时的笑颜，觉得我是爸妈的骄傲。

是一件算是微不足道的小事让一度美好的亲子关系降到了冰点。

年幼时都是青春的懵懵懂懂，向往着言情小说中吹着粉红泡沫的爱情。那段时光我恰巧和班上一位男生关系比较好，所以每次我和他一走近就会有许多男生女生开始起哄，连老师好像都略有耳闻。我本不在意这些，直到谣言的风吹到了妈妈那里。

那天雨下得很大，世界朦胧一片看不真切，像是一张褪尽颜色的老照片，只能看见单一的灰白。但我很兴奋，有好多好多学校里的事情想和妈妈分享。妈妈和我一起坐上出租车，我隐约感觉不对，空气间弥漫着一种冷冰冰的尴尬。我几次启唇最后都默默地闭上，看着窗外的雨，思忖着是不是我最近成绩不理想，但她毫无预兆地问："你和班上 ××× 什么关系？"

我愣愣地开口："没什么关系呀，不就是同学吗。"

她咳了几声，我知道她马上要开始讲大道理了。果真，前面几句我都没仔细听，只真真切切地听到了最后一句："……怪不得最近成绩不好，每天脑子里都不知道在想些什么乱七八糟的。你就是这样一个性格，我最了解你了。"

我想起每次妈妈都是那么的信任我，蒙覆着水雾的眼前浮漾着妈妈在其他家长面前夸奖我的样子，心头的火苗一下子被浇熄，脑子一片空白，只觉得鼻头酸涩得麻木。什么我最了解你了……

蓦地一道雷声响过，撕裂了苍穹。我忽然感觉我和妈妈之间就像此刻的雨，连同天空一起被崩断了。

之后我们就再也没说过多余的话。

过了几天，偏偏在爸爸出差时妈妈病倒了。这周我不得不承担起既要照顾妈妈又要看管妹妹的重任。

持续几周的雨和闷热的空气，惹得我明明什么都没听见却觉得聒噪，但我告诉自己已经长大了。看着床上生病了还仍然拿着手机工作的妈妈，前几天的冷战的气氛似有好转。我学习妈妈平时照顾妹妹的样子，想努力去帮妈妈分担，但骨子里那股暴躁烦闷的火在妹妹不知道第几次哭的时候蹿了上来。妹妹跌倒了。我忍住坏脾气努力去安抚她，自己头疼得却似乎有个火盆在哔啵爆炭。

就在我筋疲力尽，准备撒手的时候，妈妈躺在床上，轻声道：你知道你跟妹妹这么大的时候，有一次摔了，妈妈当时吓傻了，爸爸那个时候刚好也出差了……你让我体验到第一次做妈妈的感受，有苦有乐，但这永远是一段美好的记忆。

"对不起，之前是妈妈错怪你了。"

妈妈语气微弱，我却把一字一句都听得很清楚。

我曾在手账本上看过一句话，印象颇深："宇宙洪荒，生命浩瀚，只有妈妈真正和我们分享过心跳。"虽然这只是一句"鸡汤文"，但细细想来，确实如此。妈妈不仅是生我养我的母亲，更是我成长路上的良师益友，让我内心的精神花园丰富、馥郁。

床头柜上的"病历"

木质的床头柜里，一本泛黄的"病历"静静地沉睡着。

这是奶奶的。本子已经有好几年了，小小的一册，封面上画着幼稚的卡通画：一只小熊和一只小兔手牵着手，坐在彩虹上开心地笑着，身边跳跃着音符，挂着云彩和四叶草。不过封面和里面的纸张经过好几年的岁月而泛黄了。

　　这个本子是奶奶专门记录我发烧温度的。小时候，我经常感冒发烧，于是奶奶就把我每隔一小时的温度记录下来，直到痊愈。我模糊地记得，每每半夜醒来，总能看见奶奶在黄色的灯光下，背对着我，黑笔在纸上发出"沙沙"的声音。本子里清晰地记着时间以及我的体温。每次我退烧痊愈后，奶奶就会撕掉记录这次发烧的纸张。我也问过为什么，奶奶的回答千篇一律却充满着慈爱："撕掉以后就代表着这一次发烧的结束了，不好的回忆总不能永远记着吧！"

　　记得是一年夏天，我得了流感，发烧久久不退。别人家的孩子舔着冰激凌，在外面玩耍的情形让每天都被"灌药"的我羡慕极了。我也知道，奶奶只爱记这一个本子，也只有这一个本子。于是，我就偷偷摸摸地藏起了本子。等奶奶回来，给我测完温度后却找不到那个本子了。奶奶问我有没有看见，我装出一副浑然不知的样子。奶奶找了很久，却怎么也找不到，我在一旁偷乐。爸爸说："换个本子记不就好了吗？"而奶奶却摇了摇头："算了。"

奶奶不再给我记录温度了，每次爸爸问温度多少，我也大声地回答："37！"

过了两天，我无意间看见奶奶的床头柜柜子没关严，就随意地看了一眼，却愣在了原地。那本本子——完好地躺在柜子里。晚上，爸爸问奶奶本子找到了没有，我紧张地看了一眼奶奶，怕奶奶发现是我藏的，可奶奶却说："没找到。"原来，奶奶早就知道本子藏在了哪里，也肯定猜透了我的想法，只不过没说而已。

睡觉前，奶奶给我测温度，我小声地说："奶奶，您记在本子上吧，也不用撕掉那一张纸了，我想留着，能经常翻看……"我看了一眼本子。奶奶帮我盖上被子，笑了。

现在，我长大了，那个本子也安静地待在柜子里，我却十分留恋以前那个本子出现在床头柜上的时光。本子里的时间、温度，潦草、简短，却胜过千言万语的爱。

多肉的"小世界"

在植物世界里，有着一种可爱的植物，它就是多肉。

我很喜欢多肉，也很幸运能遇见一个喜爱多肉的邻居婆婆。她家满院子都是多肉。我最喜欢到多肉群的一个小角落去玩耍。

这个角落在几根竹竿下，很阴凉。竹下有一把老

式的藤椅。藤椅旁就是一个个五颜六色的花盆，花盆里是可爱至极的多肉们，比别处的多肉品种要多一些。我就喜欢坐在老藤椅上，哼着小调，看着多肉们。

要数数这个角落里的多肉有几个品种，嘿，那还真的多！两半儿生石花，顾名思义像两半石头，又有的生石花像小孩子撅着的"小屁股"，躺在一个棕红色的大盆子里，我给生石花取了个外号："屁股花"。与生石花在一个盆里的是女雏、乙少女和桃美人，她们长相相似，是最常见的品种之一，嫩绿的叶梢带着几分很淡很淡的粉色，虽样貌平平，但有很强的生命力，算是多肉中最好养的之一。

要说我最喜欢的，那就是一听名字就冰清玉洁的品种：玉露。玉露叶子尖尖，像个三角锥，每一片叶都长得很饱满，像一个个吃饱了的小孩子。最神奇的是玉露叶子的颜色下半部分是深绿色的，可越往上，颜色越淡，最后变成半透明的了，里面像装了芦荟。

太阳像羞答答的姑娘，一半在天空中放耀光彩，一半却用似棉花糖的"云幔子"遮了起来。阳光射过竹叶，竹叶投下一片绿荫，投在美丽可爱的多肉们上。多肉们懒洋洋地躺着，享受着美好。

下雨了。雨水打在花盆上，发出"嗒嗒"的声音，轻快舒畅。水珠因弹射溅起，煞是好看。雨停了后，几颗晶莹玲珑的露珠留恋在多肉上，阳光射着，露珠发出耀眼的光亮。多肉们爽了，洗了一身舒服的澡，喝了水，还有露珠的陪伴。

胖嘟嘟的多肉似心情净化器，带给我的是愉悦和平静。在烦躁中想起它的样子，烦恼统统消散……

端午记事

　　"绿杨带雨垂垂重，五色新丝缠角粽。"这世间有诸多美食，唯有那一缕恒久不变的碧绿的粽香封存着浓浓情意，又被夏日收藏。

　　"端午临中夏，时清日复长。"夏季的躁动愈发炎热，这也伴随着端午的莅临。我记忆中的端午相比起其他节日似乎只有一个字能形容，香，粽子香，艾

草香。

晨光熹微，天青色天空中还缥缈着一层淡薄的水雾，细雨如丝，顺着黛色砖瓦落下，落在青石板上溅起晶莹的水花。家家户户的门把手上早早斜插上一株艾草，淡淡的艾香隔着很远就沁入鼻尖，清香中又带着点苦涩。

大清早，奶奶蹲在家附近的小溪边，身侧的竹篮里是层层叠叠的粽叶。奶奶额上布满皱纹，虽然鼻梁上架着一副老花镜，但她的眼神很好。她粗糙却温暖的手将每一片经过清水浸泡的粽叶都细细洗净，不放过一处污渍。洗好了，再把粽叶都放在锅中煮。奶奶是个追求完美的人，她还会特意挑拣出不完美的粽叶，用剪刀对粽叶细致地进行修剪，使得一片片墨绿色粽叶形状完好、色泽光亮。奶奶一般包的都是三角粽。她把粽叶卷成一个圆锥，再装入准备好的糯米、腊肉、红豆，顺着三个角的边把所有的粽叶折好，取一根长短刚好的细绳捆绑结实，最后打上一个漂亮的蝴蝶结。最后，把粽子焖煮上一个小时就差不多了。

待我起床的时候，四溢的粽子香不知何时已经飘到了楼上。我迫不及待地挑了一个红豆馅的粽子剥开，随着糯米露出来，红豆香便也四散开来。我也顾不得烫，吃进嘴第一口是糯米的软糯，第二口是豆沙的甜腻。当时的我的感受，恐怕也就只有"幸福"能来表达了。

去年端午节，一大清早奶奶就把我从床上叫起，笑眯眯地问我要不要跟着她一起包粽子。可我并没有这个意愿，除了要做的功课太多之外，还和几个好友约好了一起出去游玩逛街。我嘟囔着委婉推辞了，却没有注意到奶奶的笑意稍稍敛了敛，似乎是有些失望，但还是很高兴地让我品尝新鲜出锅的粽子。我只是囫囵吞枣地吃了没几口，便匆匆忙忙地出门了。

等我和朋友聚会结束，在一声声"端午安康""下次再见"声中，我才忽然想到了今天是端午节。回到家，家里没人。我看着桌子上没有完成的粽子，回想起奶奶早上的话和略显失望的神色，忽觉心里五味杂陈。桌边还摆放着几个精美的香包，想必是外婆早上来了一趟。绸布挡不住艾香的浓郁，艾香味隐约散发了出来。

我开始在网上搜包粽子的教程，努力想着奶奶包粽子的模样和手法，把锅中多余的糯米和红豆仔细地放在裹好了的粽叶中，用一根黑白条纹的细绳小心翼翼地绑好，打了一个略显幼稚的蝴蝶结。等我刚满意地看着自己的"作品"，碰巧奶奶领着妹妹回来了。奶奶先诧异地张了张嘴，然后笑着拍了拍我的肩："哎哟，包得不赖嘛。"我骄傲地说："那是，也许你孙女继承了你的精湛手法！"

奶奶肯定地点点头，一边把粽子放入锅中，一边还碎碎念叨着："你看，你们现在年轻人都不怎么过端午节了，这些老祖宗留下的节日啊慢慢都没人在意了，这可不太妙！你以后呀，住城市里的时间多了，长大了以后也不要忘记好好过个节。诶，你这个粽子包得还是蛮不错的……"奶奶开心地大笑起来。妹妹虽然不明所以，但也跟着笑，还鼓着掌。我点点头："奶奶，以后每个传统节日我都会好好过的，每个端午节也让我多包包粽子，我还要给我朋友尝尝……"

岁月轮转，精神长存。一个传统节日，是我们脚下沧桑黄土经过岁月沉淀的精神蕴含。我们永远无法摒弃传统美德和中华文化。那就让我们在星河流转之中，让中华传统文化生生不息，闪耀熠熠星光。

隔辈亲里的回忆

"您的一生就是一部传奇 / 此话我可以毫不犹豫地讲起 / 是您抱我哄我对我呵护疼惜 / 是您宠我溺我将我放在心底 / 沧桑装满了回忆 / 记录着走过的点点滴滴 / 春华秋实 / 日月交替……"这是一首关于奶奶的诗，看到这首诗，我便能想到我的奶奶。

还记得那时我还是小学低年级。淡紫色牵牛花正沿着玻璃外墙向碧空攀登，仲夏的季节里飘浮着躁动的蝉鸣。爷爷和奶奶坐在桂树下一边剥毛豆一边闲聊。我好奇地探过去，轻快地问："我也可以剥吗？"

"来，来，试一试。"爷爷赶紧从旁边再搬来一把凳子，示意我坐下。

"小孩子不要剥了，剥豆容易把手划破。你到里面去待着吧，外面太热了。"我刚一下坐下，奶奶就烦躁地挥了挥手，拈起挂在脖子上的湿毛巾的一角擦拭汗珠莹莹的额。

"奶奶——您放心好了，肯定不会的！我又不是幼儿园的小孩子了，会小心的！"我半是央求半是撒娇地摆了摆身子，瞧了一眼爷爷。爷爷立马会意，也笑呵着说，"哎呀，给我们小孙女一个机会吧，平时也没见她这么对帮忙干活有兴趣呢。"

奶奶白了爷爷一眼，还是答应了。

我坐在奶奶对面，看着奶奶剥豆。奶奶微微弓着背，背对着毒辣的太阳。她一头白发虽然被染黑，但偷匿其间的几缕银丝在阳光下忽闪着时隐时现的亮光。奶奶脸上的皱纹像沟壑一样分布着，交错纵横，但她那刻在骨子里的勤劳干劲从她娴熟的动作中不经意流露出来。常年劳作干活而粗糙褶皱的手，剥豆的动作干净利落，就和她的性格一样，简单、直接。

奶奶小时候父母在外务工，家里几个哥姐要上学。她作为一个年龄夹在中间的，更多的时候担起了姐姐的职责，要照顾几个弟弟妹妹，甚至连上学都要带着弟弟。奶奶从小便学习了各种家务，一直到现在，手中的扫把和炒菜铲从未有一天放下过。所以我每次看到奶奶熟练而干练地做家务时，总会觉得心中隐隐有些苦涩。

"啊——"我喊了一声。浮想随着手指被划破出血而被打断。我小心翼翼地抬头看了一眼奶奶。

奶奶无奈生气但又仿佛早就预料到地啧了一声，又开始了她的唠叨模式："我都说了要小心一点，很容易划破的，做事情怎么就这么不注意呢？"她一边说，一边从家里拿出了创可贴，把我的手一把拽到她跟前。尽管嘴上"不饶人"，但奶奶给我擦药贴创可贴的动作却格外轻柔小心，唠叨的语气中夹杂着心疼。

"好了，现在吃到苦头了，回家里去！"奶奶把我面前还没剥完的豆子倒进她的盆里。我听话地进去了。客厅的茶几上放着一碗不知道什么时候切好的西瓜，被切成方方正正的几小块，甚至知道我不爱吐籽，连黑色的籽都剔掉了。

"你奶奶就是刀子嘴、豆腐心。"爷爷笑道。

小时候听奶奶教育时的抱怨和委屈早已随时间湮灭，如今，似乎听到奶奶的唠叨还会莫名地感到心中踏实了几分。我希望我会有一天对奶奶说："奶奶，您的唠叨我这辈子也听不厌。"

过一场"雪瘾"

前不久，妈妈告诉我，要带我和表哥去绍兴学滑雪，痛痛快快地过一场"雪瘾"。我听了欣喜若狂，似乎全身的每一根汗毛都活泼地跳了起来。

到了滑雪场，我费劲地穿上厚重的滑雪服和滑雪鞋。刚一上滑雪板，"哎哟！"我身子向后一仰，差点儿摔倒在雪地上，幸好另一只脚上已经装上了很大的板子,否则真要"四脚朝天"了。可我的右脚却扭了。唉！第一次学滑雪以扭脚告终，只能看着妈妈、爸爸和表哥在雪地上滑来滑去，我突然开始讨厌滑雪板。

第二次来滑雪场，我无精打采地穿上滑雪服，套上滑雪板。表哥白了我一眼："再不学，我就比你先学会了！"我猛地抬起了头：我可不想就这么输了，哼，走着瞧！

我吃力地向前走了几步，竟没摔倒！我顿时有了几分信心。我一步一步走上练习区的小雪坡，照着别人的样子微微蹲下，脚成内八字，身体向前倾——"哗！"我竟从小雪坡上滑了下去，而且顺利地滑到雪坡下了！无师自通？我又惊又喜，"我成功了！"喜悦飞上了我的眉梢，两只眼睛也变成了小月牙儿。

又练习了几次后，我和表哥决定来一场比赛，从最高的雪坡上滑下来。我们坐电梯来到雪道坡顶，只见雪坡下密密麻麻的都是人。我不由得哆嗦了一下，恐惧占据了大半个心。"呵，胆小鬼！"表哥又白了我一眼，"有本事你滑呀！""哼！"我有些胆怯地哼了一声。这时妈妈走过来，轻抚着我的背说："去吧！没关系，雪很厚，就算你摔倒了，也不会很痛的……"对呀，我要打败表哥！不去试试永远都不会成功。我鼓起勇气，摆好姿势，深吸一口气，身体前倾——我滑下去了！我眼睛一会儿眯起来，一会儿瞪得大大的，可不承想半路杀出了个程咬金，有个人突然出现在眼前。我忙向旁边滑，还好躲开了那个人，虚惊一场！我调整好心态和姿势，又加快了速度……终于滑到平地了，看到身后的表哥，我开心地跳了起来，我成功了！

我心里乐得快要盛不下蜜糖般的喜悦了。我满脸红光地走到表哥前："服不服？"

　　"服服服！"

好竹连山觉笋香

　　"青青竹笋迎船出，日日江鱼入馔来。"作为一名土生土长的宁波奉化人，餐桌上除了各式的海鲜，还有诸多本地时令美食。春天到了，作为下饭菜的油焖笋也被端上了饭桌。

　　立春雨过后，最嫩、最新鲜的笋便沾着寒凉的露水，在氤氲着水汽的竹林深处静默无声地探出脑袋。

于是此刻，奉化当地的人们就开始准备上山挖笋。我还记得很小的时候随爷爷去挖笋的经历。挖笋的工具很简单，只是一把铲子和一个麻袋，重要的是一双可以挑选出好笋的慧眼。爷爷凭直觉和常年的经验，挑定一根长势好的笋，俯身刨去它根部附近的土，铲子往露出的根一撅，笋就轻而易举地被挖出来了。爷爷说人们挖笋不是全挖，要留些笋让它们能长成新的竹子。否则，要不了多久，这些山上的笋们就都要被人吃光了。

其实等真的到了山上之后，我的注意力不只是停留在挖笋上了。初春雨后的清凉还未散去，被淋湿的树干散发着湿润酸涩的木香味，随着带着凉意的风走向未知的前方。微风拥抱着身体，竹林间寂静无声，幽绿晃眼，从山上远眺能将山下城镇景色都一览无余，是一派远离尘世喧嚣的宁静安详。能趁着挖笋的空当出来吹吹风，看看景，其实也是爷爷想带我出来的本意吧。

当笋被挖出来之后，就到了制作油焖笋的环节。制作油焖笋之前前期要剥笋、清洗、切块、煮制。调味后的油焖笋，需要时不时用大铲子翻动查看情况，保证上下熟透程度一致。从下锅到出锅，需要大约一个小时的慢火煮炖，老远就可以闻到诱人香气。做出来的油焖笋晶莹油亮，浓稠的酱汁是恰到好处的咸香，笋爽脆酥嫩，是早餐喝粥的绝佳配菜。出锅后的油焖笋，待放凉后装入已消毒过的玻璃瓶，封罐后再次高温杀毒，瓶身冷却后，内外压力的作用下，使玻璃瓶内部呈真空状态，就可以长久地储存。

苏轼曾写"长江绕郭知鱼美，好竹连山觉笋香"以及"尝鲜无不道春笋"，都是对春笋的极高评价。

春笋已经成为奉化家家户户餐桌上，最常见、最朴素的一道小菜，但比起那些山珍海味，永远是家常菜带来的温馨和熟悉感最令人亲切。

科技刷新了我的生活

泛黄的照片书如蹁跹的蝴蝶羽翼般一页页翻过，时间便从罅隙间逃离，留下枯黄的记忆便是科技赋予了它新生。

爷爷床头的第三个抽屉里有个年数已久的檀木盒，里面静静躺着一本照片书。爷爷总爱坐在藤椅上，趁暮霭中最后一丝日光还未凋落，布满深壑的手翻开照片书，一个个黑白灰色调的古老故事便跃然眼前。

第一页是夜晚一个小男孩坐在草坪上，抬眼是黑丝绒般的天际，隐约能看到星辰闪烁。月晖那如缟素般的光华映着男孩侧颊露出的幼嫩纯真的笑靥。男孩的手高高举起，手指笔直地指着那轮皓月。照片背后有稚嫩方正的一笔一画写上去的字迹："我想到月亮上去看看。"

"每个小孩小的时候都想过要上月亮上去吧。"爷爷笑得和蔼慈祥，"在以前，那可是做不到的事情。现在不一样了，多亏了科技发展，人又可以上天又可以入海的。尤其是咱们国家的航天事业呀，做得越来越好。像神舟飞船十七号都送上天，听说神舟十八号也要在四月前后发射了。火箭和宇宙飞船载了多少代人想要上天去看看的心愿呀，是多少人民花了多少年吃了多少苦才完成的呀。"

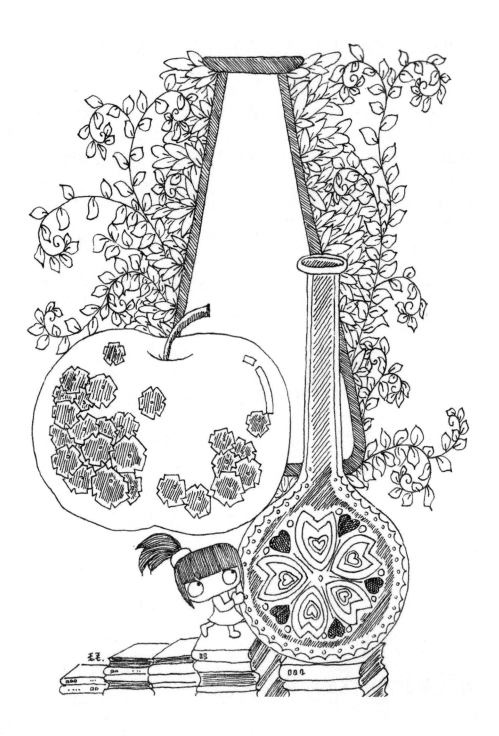

第二页是一位背着书包的少年，身边是一辆自行车。和自行车巨大的轮子相比，少年便显得瘦削弱小几分。少年露牙笑得爽朗，好像在和全天下的人炫耀他的自行车。

　　"哎呀，真怀念我第一辆自行车啊。"爷爷抚了抚照片上的自行车，"那时候家里能有一辆自行车已经算是富裕了。爷爷每天都要骑车走很远的路才能到镇上上学，那时候交通不发达，山与山之间又有阻隔……"

　　"但是现在出行特别方便呢。"我趴在爷爷膝头即答。

　　"是啊，特别是铁路。动车啊高铁啊穿越了山与山之间的隧道，不用多久就可以到另外一个城市了。哪像以前那样得累死累活地走上好久。现在不是还有什么……磁悬浮列车吗！真是越来越厉害咯。"

第三页是一个壮年男人，双眸溢出质朴的笑。他举起臂，手中拿着一个砖头似的电话机。而这张照片与前几张不同，开始有了旧黄的色彩。

"诶，乖，来帮爷爷看看手机这里怎么支付啊。"爷爷打断了我的恍神，老花镜摘下又戴上看来看去。

"爷爷你点这里，然后这里按一下，再输入密码点确认支付就可以了！怎么样，很简单吧。"我直起身，耐心地在爷爷手机上娴熟地操作起来。爷爷看着我，皱纹间露出欣慰宠溺的笑。

"现在的小朋友对手机都了如指掌了啊。看来我们真是被时代淘汰了。"爷爷轻叹一声，现在的互联网真是发达啊，手机购物、打车、叫外卖、浏览器搜索什么的一秒就可以，只要有网络，什么都可以办得到。

"这都是因为有了科技啊！你知道你爸爸名字里为什么带有'科'吗？因为你爸爸在你奶奶肚子里时个头太大了，要不是有了医学科技，要生出你爸爸还真是不容易啊。现在祖国繁荣富强了，科技越来越发达了，真不能想象如果没有科技，又有什么能来刷新我们的生活呢……孙女啊，你现在有国家给你物质保障和幸福的生活，所以一定要好好学习，让国家越来越强大啊。"

照片书最后一页沉沉合上。旧的时代过去了，暮色已尽，科技引领我们迎来新的白昼。在黄昏与晨光间，那段长夜必是要每个人都为国家奉献自己的力量，这样才能让科技带来的幸福长久照耀。

妈妈的鸡汤

我和妈妈不仅仅是母女,还是常分享彼此"秘密"的闺蜜。

我上小学五年级的时候,班上来了一个转学生。那个女生话极少,成绩也倒数,坐在我附近,但和我没讲过几句话。平日里,在我们下午吃订的牛奶和点心时,因为她是唯一没订的人,只好缄默着低头坐在一边,把头埋在书里,又或是看着我们狼吞虎咽、谈笑风生。

后来，我和几个同学在无意间听到班主任和她的交谈。原来，她的家庭本就不富裕，后来父母又离婚了。她的母亲曾是一位全职妈妈，为了赚钱带着她来我们的城市找到了一份工作，平时节衣缩食，哪里交得起点心钱。我们听完之后，都觉得心里有些难受。

这个消息不胫而走，她成了同学们的聊天话题，人看上去更加忧郁了。第二学期开学，我和同学们一见面就叽叽喳喳地说着寒假的趣事。突然，我看见了角落的她。我说，我想把压岁钱的一部分捐赠给她。好朋友虽然都很同情这个女生，但都劝我说，压岁钱一年就得到一份，与其给她，还不如自己多买几个喜欢的东西。我沉默了好久。

回到家，我和妈妈说了这件事。妈妈又惊又喜，说："当然可以，你的想法很好。我们就是应该多多帮助那些有困难的人，这样手里的钱也会更有它们的价值和意义，否则也只会买一些一时喜欢但没有什么用处的东西。我支持你！你要不去问问那个女生，愿不愿意接受？"

第二天我小心翼翼地询问了那个女生的想法。她听了一下子红了脸，连忙摇头摆手拒绝。在我接连几天的劝说之下，她还是答应接受我的资助，只不过再三说，她不要太多。当我把包好的资助金塞给她时，她又红着脸连忙道谢："谢谢你，谢谢你妈妈……"

后来，听说女生和她母亲的生活逐渐变好，她也获得了第一笔奖学金，妈妈和我都十分开心。

初一刚开学的时候，我在班上结交了一位很好的朋友。她长得漂亮，成绩又好，性格活泼开朗、能说会道。我们俩简直是相见恨晚。没过多久，班主任对我们两个说，学校艺术节有一个主持人比赛，要求班里一男一女搭档上台。当班主任说其中一个报名的男生的名字时，我看见她本来炯炯发光的眼神黯淡了下去。"要不你去吧，我实在觉得他……"她明显带着些许嫌弃，欲言又止。第二天班主任说换了一个男生，她似乎又来了兴趣，那个男生正好和她关系很好。班主任让我们俩商量一下最终决定谁去，放学之前告诉她人选。可我还没跟她聊过，她就语气平淡地和我说："哦，我们俩看起来也没时间商量了，我和老师说好了，就我去吧。"我一脸莫名其妙地看着她高兴地跑去找那个男生，委屈和不满同时涌上心头，感觉被人"背刺"。凭什么？我们俩决定好了让谁去吗？

放学回家的路上，妈妈觉察到了我心情不太好，问我怎么回事。我再也忍不住了，把来龙去脉告诉了妈妈。妈妈一言不发地听完了我连珠炮似的吐槽，微笑着说："是啊，我们在和朋友交往过程中，肯定有竞争和摩擦。良性竞争当然是好的，可是对于这种朋友，也不用闹掰，以后保持适当的距离就好了，当作普通同学罢了。她的性格就是这样，我们也很难改变他人，所以就不必和她计较什么。当然啦，以后你也要更积极主动地为自己争取机会，不过不是以她的那种方式。"听完妈妈的话，我觉得心里痛快了不少，感觉也学到了一些在人际交往和争取机会方面的小招数。果然还是妈妈最了解我，最能了解我的心结。

妈妈不仅是生我养我的母亲，更是我成长路上的良师益友，让我内心的精神花园丰富、馥郁。

玫瑰丛中的母爱

母爱就像是草丛中的一朵玫瑰，对着自己的孩子是柔软美丽的花瓣，对着危险的敌人便是花瓣底下的尖刺。

这几天我和爸爸妈妈妹妹一起去了慈城，住了一晚的民宿。我们吃早饭时，看见餐厅门口的石板上有一只狸花猫。这只猫是民宿工作人员收养的，它的颈

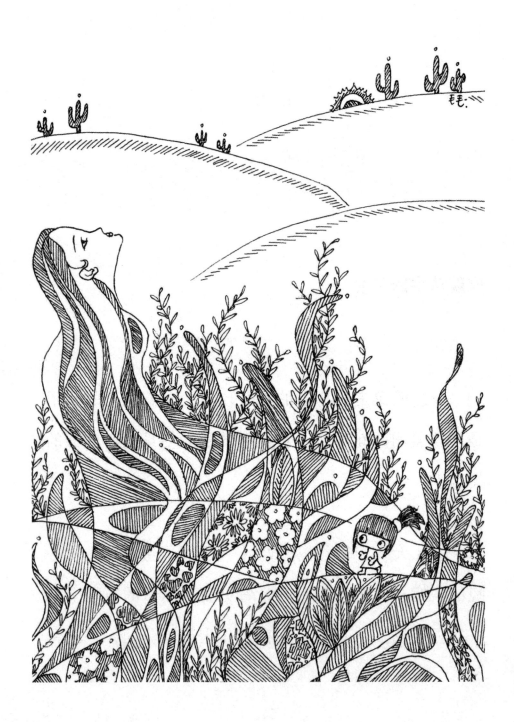

部、腹部和四只脚掌的毛是白色的，身体其他部分的毛都是黑、灰相间的条纹。最吸引人注意的是它的肚子隆起，特别大。这只猫应该是只母猫，而且怀孕了。

一开始，我们凑近它，它倒也不害怕，反而主动来蹭裤子，完全不像一只怀了小猫的猫妈妈的样子。看见餐厅门打开了，它就钻了进来，睡了一会儿，又讨了点吃的。工作人员说，这只母猫每天早上都来餐厅，一是因为餐厅开了空调很温暖，它进来暖和身子；二是来讨点吃的、喝的，这都是为了它肚子里的宝宝。

过了一会儿，母猫出去了。正巧一只金毛犬路过，母猫立刻警惕地弓起背，瞳孔变得很细，背上的毛都立了起来，嘴里发出可怕的嘶吼。金毛犬起先没注意到狸花猫，只是吐着舌头散步，突然转头看见母猫恶狠狠的样子，朝母猫叫了几声。狸花猫伸出一只白色的前掌，向金毛犬挥舞。看外表，金毛犬的体型是狸花猫的好几倍，狸花猫是打不过金毛犬的，几乎毫无胜算，但依旧凶狠地盯着金毛犬。

金毛犬对狸花猫起了兴趣，朝狸花猫慢慢逼近，不停地狂吠。母猫也一边低吼一边慢慢往后退，也许打算逃走，但似乎又已经做好了战斗的准备。狸花猫退到了餐厅门口，猫的低吼和狗的狂吠传遍了整个民宿。金毛犬想要冲上去咬母猫，母猫实在无路可退，便跳进玫瑰丛中，玫瑰的刺将母猫的背划破了一道口子，殷红的鲜血格外刺眼。金毛犬一口咬了上去，嘴却因为玫瑰刺流了点血。懊恼的金毛犬呜咽了几声，转身走了。我想，狸花猫肯定是为了保护自己肚子里的孩子。有人说："母爱无疆"，母爱是最无私、最伟大的爱。

"母爱是世间最伟大的力量。"回想到那个早晨，狸花猫在玫瑰丛中，玫瑰的尖利的刺使人不敢靠近它。它抬头挺胸，优雅地舔舐着凌乱的毛，玫红映衬着白色的大肚子。玫瑰丛中似乎散发着光，时而暗淡柔和，时而尖锐刺眼。那是母爱瑰丽的光辉。

妈妈是我人生的灯塔

有人说妈妈是漂泊游子停靠的港湾，有人说是柴米油盐里的点滴温暖。而妈妈在我眼中是黑暗中前行者的灯塔，是我人生的向导，是我要用一生去感恩的人。

对于写作，我一直都寄托着一份小小的热爱。妈妈也知道我从三年级开始就喜欢写文章，于是有一天突然将我拉了过去。

"宝，你不是喜欢写文章吗？你想往这方面发展吗？要不然，我们尝试着成为少年作家，出版属于你自己的图书吧。多阅读，多尝试着写不同类型的文章怎么样？"

我一听便很有热情，脑海中开始浮想联翩成名之后接受记者采访等等的画面。于是，我便很有兴致地开始用课余时间写作。但写了几篇却都没有成功发表，再加上三分钟热度过后，我就已经开始慢慢泄气了。

妈妈也发现了这个问题，便又笑意盈盈地问我："你真的很喜欢写作吗？"

"是啊，但有时候真的会灵感枯竭，而且前面几篇不都石沉大海了吗？好像这样写下去也没有什么意义……我可能真的只是一时兴起吧。"我叹了一声，对着面前的电脑屏幕，却始终落不下一个键。

"你不是不喜欢，而是受到的挫折少了，对自己不自信。"妈妈好似认真地思忖了片刻，忽而又莞尔一笑道，"我也要写书，怎么样？和你一起。"

我不敢相信地抬首看了她一眼。妈妈工作忙，又要照顾妹妹的，怎么会有时间写书？

接下来的日子里，妈妈在电脑面前的时间便更多了。她真的除了工作和忙家里的事情之余，开始看起一些经典的书籍，时而对着屏幕敲敲打打，一坐就又是好久。越来越多地，她有时也会喊我帮她修改文章，甚至放学后眉眼溢笑地给我看杂志上发表的她的文章，还有金额不多，每一笔却都是字字打磨而来的稿费。

我看着妈妈，感觉心里被浇熄的火苗忽而又开始隐约跳动。于是在妈妈无声的鼓励之下，我忙完学校功课后，开始再次打开文档，键盘敲击声连成悦耳的旋律，字字落笔，句句成章。

于是一年下来，我的文章终于被编辑看见，杂志的一角也能出现属于我的词句，书柜中又多添了几份奖状和证书。

但只有我自己知道，在闪闪发光的我的背后，是妈妈的关爱与指导。她是我人生的灯塔，长明不熄。

木槿花开

秋季的暖阳裹挟着落叶翩跹，漫山遍野木槿开了。那星星点点的淡紫花枝间，藏匿着一个女孩子的梦。

她是一个长得很标致的女孩子，走在人群里总能第一眼被注意到。比同龄人高出不少的高挑个子，柔顺、略带些棕调的黑发扎起衬得肌肤更加白皙，一双漂亮的眼眸，让她美得就像是一株木槿一般。这样的长相再加上近乎完美的成绩，让人无论如何也不会想象到她同时又是个自傲、脾气坏的女生。她在老师和大人面前总是一副乖学生的模样，背后从来没给其他同学好脸色。

记得是小学一年级中午午休过后，她忽然朝着我身边的一个女生伸出手。女孩认为她是想拽她的头发，于是在我的陪伴下把一切的一切都全盘告诉了老师，包括了我们对她的种种不满和讨厌。在女孩带着些添油加醋和私人感情的说辞之后，老师既生气又惊讶，打电话把她的父亲叫到了学校。令人感到奇怪的是，她往常被批评只会"乖巧"地低头认错，转身就仰着头走了。可是这一次，她好像很委屈的样子，那张精致的面颊变得苍白，甚至似乎快扭曲了，双手紧紧攥住衣角。

那天下午，她的父亲来了。她的父亲是个高大的

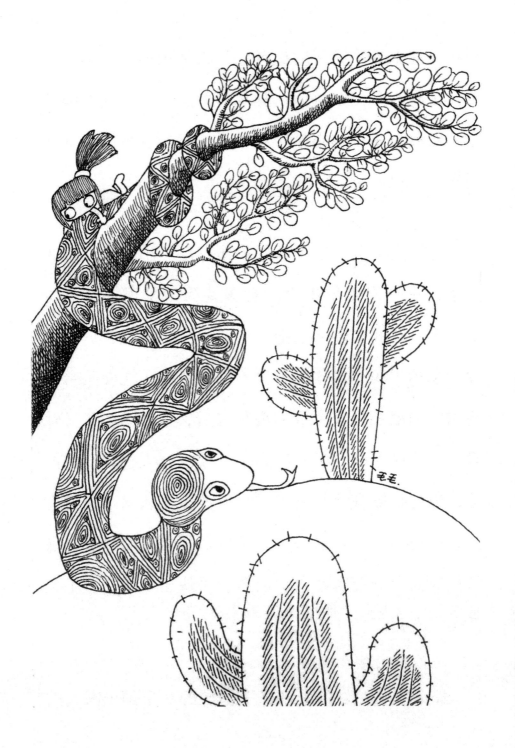

男人，看上去温文尔雅。她的父亲静静地听完我和被欺负的女孩的讲述，不时用狠厉的眼神瞥过去瞪着她。她只是很别扭地转过头，避开她父亲和我们的注视，偷偷擦着眼睛。

老师因临时有事，先离开了一会。我和被欺负的女孩局促地看着她和父亲。但是，我们怎么也没想到，接下来的一幕令人格外揪心。她的父亲拽着她的一只耳朵，把哭哭啼啼的她拉到墙角，用手指着她比画，伴随着粗鲁的字眼，好像是因为有外人在场，这位父亲才忍住没动手一样。

她好像情绪崩溃了，平时细心打理的头发变得凌乱，像只受刺激的炸毛的猫，一边哭一边回过头愤怒地朝父亲大吼："你工作不顺利关我什么事！别把你工作上的气撒在我头上！我根本没有想要拽她的头发，我只是看她头发绑得乱七八糟想提醒一句，当时旁边的其他几个女生在嘲笑她！我以前是犯过很多错，但我已经改变了啊。是你们把我想得太坏！"最后一句话细如蚊呐，在她的哭声中渐渐被埋没。

的确，仔细回想一下，她似乎真的在改变了。上次她无意间打了一个男孩手背，是因为有一只虫子在男孩手上爬，而那个男生最害怕的就是虫子。上上次她抢走了一个女孩的橡皮，还扔在了我课桌上，可是只有我知道，那块新橡皮是女孩从我这里偷去的。

我和一起来告发她的"被欺负"的女孩相视了几秒钟。办公室里一片缄默，只有她父亲轻声的咒骂还在继续。

第二天放学，我和那个"被欺负"的女孩截住了她。她放下了以前惯有的傲慢和轻蔑，甚至是有些担惊受怕地问我们想干什么。"被欺负"的女孩朝她抱歉地笑了笑，递给她一朵淡紫色的木槿："这是一朵木槿花，你看，你的名字里也带着'槿'……给你的道歉礼物，对不起啊。你爸爸还在骂你吗？"

"啊……没事……你说我爸爸？啊，他找工作去了，没心思再骂我。"她惊讶地看了我们两个几眼，低下头不好意思地接过那朵木槿，迈开步子飞一般地跑走了。

后来，她几乎完全变了一个人似的，开始变得活泼、慷慨、谦逊。每个同学都开始接纳她，喜爱她。等到第二年秋天时，又是学校前面那一片木槿花开得极艳的时节。她突然告诉我们，她爸爸和妈妈离婚了，她跟着她妈妈要去其他城市居住。她虽有些不舍，但还是很愉悦地对我说："多亏了你们的一朵木槿花，我的世界都变了。"

但其实，改变一个女孩的世界的，并不是一朵花，而是人与人之间的温情。

我只记得，那年秋季的木槿开得格外烂漫。

那件事，让我成长

时间的长河流淌不息，人生当中发生的一件件事情就像被揉碎的金子撒进浪间，细碎的光影指引我们的前路。而这件事情，却在微光粼粼中格外耀眼闪烁。

阳光穿过绿叶的间隙洒下一片光斑，那时年幼的我郁闷地坐在树下，看着巷子里较大的孩子们骑着自行车来来往往，心中十分艳羡。正好，听奶奶说表哥

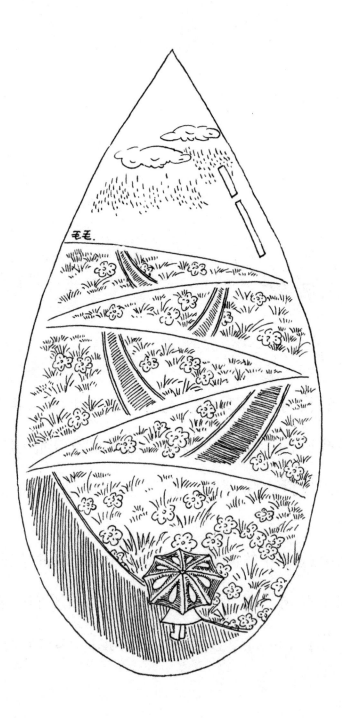

曾经用的那辆小自行车不需要了，我便扯着爸爸妈妈想要学骑自行车。爸妈欣然同意了，那辆暗红色的、带两个辅助轮的自行车也到了我的手中。

也许是我本来就有点儿天赋，或是我平衡能力比较好，自从我骑上那辆小自行车后就从来没有摔下来过。很快，没过几天，后面的那两个辅助轮就在我的强烈要求下拆掉了，这让其他同龄的孩子们都很羡慕。

记得是暑假的一天下午，我和朋友约好了在家附近的公园里骑车。不知是谁先提出要来一场比赛，我们另外几个人很快就答应了。我怀着满满的自信跨上自行车，待那声稚嫩而又响亮的"比赛开始"响起，便首当其冲地向前骑去。一路上都是我遥遥领先，没拐几个弯就看不见其他孩子了。再绕过那棵梧桐树就到终点了。我得意地哼起了歌，放开了紧握把手的双手，不止笑意地高喊着："你们人呢！来追我呀……"但这时，我没有注意到那棵苍翠的梧桐树下的那片青苔，青苔狡黠地躲在阴影灰暗处，轮子轧在湿滑的苔藓上，旋即不受控制地向旁一扭，我重重地斜摔在地上，大声地惊呼了一声。

其他同伴陆续赶到了，赶到我身边安慰。我把头深深地埋在臂弯间，耳尖酡红得似八月的太阳那样夺目，眼眶酸涩，滚烫的眼泪随即不争气地滴落在身下那片幽绿的苔藓上，既是因为不好意思又是因为膝盖上火辣辣的疼。霖跪在我身侧不住地轻拍我的肩："没事吧？你抬头吧，没什么不好意思的。""我输了，我是不是很失败呀……"我终于抬起头，噘唇吸了吸鼻子。

"当然不是呢，你才第一次摔，我们都摔了好几次才学会的。你已经很厉害啦。"霖笑意盈盈地递过来一颗水果糖，认真地看着我，"我妈妈说过了，一次小的失误并不代表失败的，那只是人生中的必经之路。"

眼前的余晖闪烁着耀眼的光芒，犹如烟花，却已成为记忆中不可磨灭的那一刻。梧桐树下的青苔依然青翠，即使不被人所关注。正像霖曾经说的那样，一次小的失误并不代表失败，只有不断练习才能成长。

那些独处的时光

"偷得浮生半日闲，人间至味是清欢。"一本书，一杯茶，一个人，一片属于自己的小小天地，让城市的喧嚣无法打扰到自己，只是独处，等待与幻想中主人公邂逅和对谈。

我爱放松下身体上一切的劳累困倦，独自一人沉溺于大自然间，无声地同它们攀谈。

走进刚下过雨的林中，淋湿的树干散发着缕缕清淡且湿润酸涩的木香。夜幕中的一湾静湖，有月光穿透弥散开来的浓雾，在湖面映出一片朦胧柔和的银色光辉。我向湖倾诉内心忧闷。一枚石子被投入开阔的湖面，泛起圈圈涟漪后很快恢复平静，倒映着的月影也同样完好如初。这是湖给我的答复，这是大自然给予的慰抚。

我同样痴迷于江南迷蒙如织的烟雨，秀色青山被笼罩在乳白似纱的雾气间。"后来烟笼柳暗，湖心水动影无双。"似真似幻、倩影幽幽的女子反手弹阮，如歌如诉的乐曲流泻开来。我同她对话，她将我拉回风骨瘦削、诗酒猖狂的那段时期，追望厚重史书上悄然而逝的尘埃。她缥缈而又神秘，随后如雾般散去且不留痕迹，只剩下乐章仍在心中回响绕梁。

乡下田园的景致，和煦的风翩跹，一簇簇繁花满

树，蝶忙蜂碌。一切仿佛一支春日赞歌，曲调悠扬轻快，又显优雅从容，追寻有关自由与生命真谛。我喜欢独坐树下，尝试着烹煮一壶花茶，任凭花香四溢，随风飘逸于不冷不热的空气间。

摊开的书页上是主角与芸芸众生起舞、交谈。是王莺莺听到刘十三的"王莺莺长命百岁"，和程霜靠在刘十三的背上，"那么热的夏天，少年的后背被女孩的悲伤烫出一个洞，一直贯穿到心脏"。是小王子看了四十四次日落，对他的玫瑰道"也许世界上也有五千多和你一模一样的花，但只有你是我独一无二的玫瑰"。我听见斯嘉丽在经历人生起伏跌宕之后对我言"明天又是新的一天"；是海伦·凯勒第一次感受到水的清凉，带着坚强的意志和信念勇敢地活下去；是《公主日记》中的米娅从一个班内演讲都会紧张到呕吐的平凡少女，到成为一个真正的公主，她学习着她祖母拉丽莎·雷纳尔蒂女王的自信，告诉我"没经过你的许可，没人能让你自卑"……

是"无丝竹之乱耳，无案牍之劳形"的清净闲适，也是居里夫人在极其简陋的实验室中度过无数个不被打扰的日夜。我爱陶醉在内心富裕的精神世界和纯粹的灵魂之中，我爱在清香弥漫间享受独处的怡然自得。

一直很喜欢周国平老师的语段："独处不是与世隔绝，而是为自己保留一个开阔的空间，一种内在的从容，在可支配的时间里，不断靠近理想中的自我。"我希望我的人生会经历大风大浪，在时光的罅隙间停下一小会儿前行的步伐，也能沐浴独处与自由。这一切，是我永远选择清澈并热爱，坚定不移走下去的理由。

母爱，最珍贵的礼物

"悠悠慈母心，惟愿才如人。蚕桑能几许，衣服常著新。"在我眼中，母亲如和煦的春风，如涓涓的溪水，如热烈的阳光，如深情的赞歌。

期盼了许久的新年过完了，我的存钱罐也满是"丰收"的喜悦。早在年前，我便计划拿到压岁钱就买一个平板电脑，一是可以用来上网课，二来闲暇之余还可以用来看看电视剧、刷刷短视频。正当我抱着存钱罐沉浸于美好幻想中时，听到父母在讨论选一个天气好些的周末带我出游。我一听来了兴致，终于能出去玩了！

我放下存钱罐，来到父母房间，想给他们提供一些旅行攻略。母亲笑着对我说："大宝，想去哪里玩？等天气暖和一些，我们一家四口出去转转。"我忽然想起了，好久没去上海了，于是兴奋地与母亲分享。无意间，我看着眼前正认真注视着我的母亲，她充满期待的目光旁平添了几丝不深不浅的鱼尾纹。母亲为了照顾我和妹妹太辛苦了，我这一次不能选自己喜欢的地方。我心想着。

这时，我灵机一动："妈，我现在不想去上海了，咱们去安徽宏村吧。听我同学提起过，我早就想去那里看看了。"

父亲一听喜出望外："好呀，女儿，我也正有此意。咱们今年就去那儿，这也是你妈妈一直想去的地方。"我听闻心中窃喜：知母莫若女，我当然也知道，那是母亲心心念念想去的地方。只是因为她平时要照顾我和妹妹的学习和生活，总是把时间分给我们才一直没有去。就这样，一家人默契地达成共识之后，等待阳春三月的到来。

"门外平桥连柳堤，归来晚树黄莺啼。"春风带着丝丝濡湿馥郁的芬芳唤醒大地，鸟儿立在枝头唱着一曲春日颂歌，草木葳蕤花树迎风绽放，我们终于迎来了一场久违的家庭短途旅行。从朦胧远山黛色到近处薄翠近水、烟柳画桥、黛瓦白墙，江南温韵全流转眼底，如梦如痴。

游客络绎不绝，我们漫步于步行街，仿佛全世界都是这样的慢节奏。母亲忽然停了下来，像是被什么

吸引了脚步。我走过去端详，是件漂亮雅致的白色真丝旗袍。母亲书香娟秀又好古典文化，一直喜欢旗袍这类衣物。作为学生，我囊中羞涩，从未给母亲添置过衣裳。然而今非昔比，我有了满满一罐子的压岁钱，完全有能力送母亲一件珍贵的礼物了。

我问老板娘："这件旗袍挺好看的，要多少钱？"母亲见我靠过来，浅笑盈盈："怎么，你也觉得这个好看？"我点了点头："对，我们不如买一件？"

老板娘是一个热心善良的中年妇女。她爽快地与我们谈好价钱。还没等母亲拿出手机扫码，我就眼疾手快地递过去崭新的现金，说："阿姨，收下我的钱吧，我想给妈妈买一个礼物。"

母亲听了瞪大双眸，满是激动与惊讶："藩，你哪来的钱呀？快收起来，妈妈来付。"

我转头示意她把手机放回包里去。待老板娘接过现金，我笑着回答："这是我的压岁钱。这不是'女神节'就要来了嘛，我送您件节日礼物。"

话说着，老板已经把叠得方正的旗袍装进了袋子，双手递给母亲。这时父亲牵着妹妹也过来了。他瞧见那件旗袍，咂舌故意带着醋意说："什么时候给你这个'男神爸爸'也买一份礼物呀？我也想要我女儿送我礼物。"

我�’着嘴轻笑："那就等等吧，等太阳落山……"父亲无奈笑着摇了摇头："啧，真不愧是妈妈的贴心小棉袄。"说着他温柔地把妹妹抱起，边指着路边招牌给妹妹看，边朝着前方的店铺走去。

夕阳西下，余晖熠熠。我挽着母亲的胳膊，父亲稳当当抱着妹妹。那一刻，我感受到了家的重要与温暖。在一个家庭中，母亲总是要照顾一家人衣食起居的同时，还要监管孩子的学习。而在生活压力繁重的当下，父亲也并不轻松，他要像棵不会倒下的大树一样，为我们遮风挡雨，提供基本的生活保障。

母爱是漂泊游子停靠的港湾，是黑暗中前行者的灯塔，是柴米油盐里的点滴温暖。而母亲是我人生的向导，是我要用一生去感恩的人。我送了母亲一件在她看来珍贵的礼物，而母亲又何尝不是上天馈赠我的礼物呢？

清华学霸，奥运夺冠

我曾经在《人民日报》上读到过这样一句话："走上赛场，只要怀着坚定的目标，便不必在意一时的得失；只要坚持游向彼岸，便不必害怕途中的风浪。"

她是一位对一切都感到新鲜的小姑娘，在经过层层选拔和训练之后，她终于站上了梦寐以求的竞技场。她便是杨倩，那个在 2021 年 7 月 24 日奥运会上，在女子 10 米气步枪决赛中，以 251.8 环为中国代表团夺得首枚金牌的浙江宁波姑娘。

杨倩出生于浙江宁波市鄞州区姜山镇杨家弄村，和我是宁波同乡。"宁波"这两个字取意为"海定则波宁"，出生于宁波的杨倩正是这个含意的最好诠释。

2010 年，杨倩真正开始与射击结缘。这年 12 月，年仅 11 岁的杨倩从茅山小学被选入宁波体育学校射击队，教她的老师是国家级教练。刚开始的时候，小杨倩非常开心，尽管杨倩的爸爸并不十分支持她加入射击队，但杨倩的妈妈和奶奶却非常支持她。那时候的杨倩，对一切都感到非常新鲜，她没有想到，射击队的训练异常辛苦，需要极大的毅力和努力。11 岁的年龄进入体训队，说不辛苦是假的。前两年的训练生活，基本上以基础动作为主，这对孩子来说无疑是非常枯燥且劳累的。一年之后，杨倩终于忍受不住高

强度的训练，哭着和妈妈说，不想练射击了。这时，妈妈和奶奶，甚至曾经反对她练射击的爸爸，几乎所有的人都来劝说，让她坚持练下去。她听从了父母的话，顽强地坚持了下来。

经过艰苦的训练，杨倩首先获得了浙江省青少年锦标赛的亚军，随后她又在省运会拿下 3 枚金牌。2013 年，她进入宁波体育运动学校初中部。2015 年底入选中国国家青奥队，2016 年，她又通过了清华射击队冬令营的比赛走进了清华附中。两年后，杨倩凭借出色的学习成绩和射击专项成绩，顺利考入清华大学。杨倩曾在母校宁波体育学校分享自己的经验时说："不管是在训练中，还是在学习中，我都先找到自己的榜样，找到努力的方向。机会永远是留给有准备的人的，我们要对自己负责，为自己努力。不管到了任何时候，只要努力，永远都来得及，机遇是垂青有准备的人的。"

杨倩学业突出，在追逐梦想的道路上，一步一步地接近成功。在 2014 年 10 月的浙江省第十五届运动会上，杨倩拿下 3 块金牌，并且在女子气步枪 40 发项目比赛中，打出了 399 环的好成绩。2021 年她获得东京奥运会女子 10 米气步枪个人和混合团体两项参赛资格。

我至今仍然记得电视屏幕上杨倩夺得首金的那一幕。尽管杨倩曾在采访中说过自己的内心是十分煎熬的，她说训练的过程就是不断和自己斗争的过程，然而她表现出来的却是一位出色的射击手稳定沉着的临场状态。每次出场，她都能镇定自若，凝神静气，眼神坚毅地盯着靶心。正是有了这样的勤奋和努力，她终于在中国奥运射击史上铭刻上了自己的名字，用汗水书写了自己风华正茂的青春。

杨倩说她获胜的关键就在于专注，专注于比赛的全过程，专注于自己动作是否到位，她全身心地投入一举一动之中，不断找到自己该有的状态。她说"我承认有压力，但这种压力可以通过心理调节和坚持训练来化解。"当然，不可能我们所有的人都要像她那样，站在举世瞩目的竞技场上为国争光。但我们可以学习这种精神，不管我们是在读书还是工作中，如果要学习任何一样东西，只要坚定地付诸行动，尽自己最大的努力，就一定会让自己的人生熠熠生辉。

　　"梦想是金色的，只要注入奋斗的汗水。最可贵的成功，是超越曾经的自己。"在我们追逐梦想的路途中，我们肯定不会一帆风顺，肯定会遇到荆棘，遇到困扰，但只要我们埋下头来砥砺前行，笃行不怠，就会在荆棘丛的尽头，看见最绚丽的花海。

让我为梦插上翅膀

所谓梦想，是收集一大盒漂亮的手账贴画，买到一整套心心念念的漫画书，也是励志长大成为科学家，成为电视前万人瞩目、闪闪发光的名人。

但对于我来说，梦想是能写下我天马行空留下的一词一句。

妈妈平日里工作一直非常繁忙，勉勉强强能留出陪我和妹妹的时间。但不管她工作有多辛苦，她总会保持着一个小小的习惯——今天发生了什么事情，有什么感想，都会简单记录下来。若是时间充裕，她便写成一篇文章。这是妈妈对于写作独特的执着。

我真正完成一篇文章是在我小学三年级的时候。那次我写了人生中的第一篇周记，虽然只是写了一篇稀松平常的小事，甚至是流水账，但没想到的是第二天被语文老师当众表扬了，说我描写得详细又生动。后来的一次又一次，当我翻开作文本时，一行行老师留下的红色字痕就这么鼓励着我。我开始对写作这件事有了独特的想法。

这便是我能与写作结缘的序曲。

于是，除了平时老师布置的作文和考试作文，不忙的时候，我便打开电脑，开始对着电脑屏幕敲敲打打。在写作的小天地间，我总恍惚置身于一片馥郁花园，粉红蔷薇正沿着玻璃外墙向碧空攀登，衬托着花香，营造出花木繁茂、万物齐放的生机景象。蝶蜂忙碌，黄莺婉转，倩影轻盈，欢笑不断。仿佛一支春日赞歌，曲调悠扬，尽显优雅从容，追寻自由的生命真谛。我便下定决心，要从参加全国性的比赛开始，最后出版自己的书籍。

这次冰心文学作文比赛也是一个契机。这是我第一次参加全国性的作文比赛，之前一直是参加学校比赛或者文章投稿之类的。我一直苦思冥想但想不出一个使我满意的主题。最终，在老师的帮助下，我把文章的主题锁定在了"母爱"。出人意料的是，我竟然获得了奖项，还是一等奖。

原来迈出实现梦想的第一步是这样的感觉。糖浆般甜蜜的成就感的背后是千万次的凝思、落笔、卡壳、修润，但一切的一切都是值得的，为了我能一步步攀登上属于自己的领域的殿堂。

　　此时此刻的窗外，落日为高楼大厦镀上一层鎏金的翅膀。而我也一定会在纷扰喧嚣的风尘中继续前行，永无止境，张开我自己的羽翼飞翔。

润物细无声

又一个三年。伫立凝望时间的长河，周老师的模样清晰地、柔和地出现在我的眼前。

周老师是我从步入小学校门起认识的第一位老师。周老师教语文，也是我们的班主任。她平日里特别喜欢穿古风的衣服，尤其钟爱各种款式的旗袍。我至今还清楚地记得周老师穿旗袍时的模样：乌黑的头发刚好垂落肩头，发梢优雅地向内卷起，身着蓝白两色的旗袍和黑色无任何装饰的高跟鞋。她虽然年纪并不小了，可仍显得年轻，举手投足间格外端庄娴雅。

记得是二年级的夏天，由于中午要交的作业还没动过笔，我几乎是从食堂跑着回教室的。突然，一个同班的男生从楼梯拐角处跑了出来。我还没来得及躲闪就脸朝下被撞倒在地，膝盖上传来一阵钻心的疼，还流了不少血。那位同学显然有些不知所措，还没说对不起就匆忙跑开了。我看着膝盖上的鲜血，一时间鼻头酸涩，泪水在眼眶打转。忽然一双温暖而有力的手把我拉起。是周老师，她神色看着有些担忧，但还是朝我露出一个安慰的微笑。周老师把我扶到办公室，拿出医药包，半蹲着，轻轻帮我清理伤口和上药，还时不时抬起头看着我，柔声询问疼不疼。我有些委屈和生气，所以一直咬着下唇，摇摇头却不说话。周

老师站了起来，拉了一把椅子坐到我身边，温笑着拍拍我的手：“你看，每个人都会有不小心的时候，他也不知道会撞到你。我会去好好跟他聊聊的，等会我让他给你道个歉，你就不必生气了。我们要学会宽容。不是吗？”

我们与周老师相处了三年，在四年级便分开了。六年级运动会，男子 800 米比赛马上开始，许多同学都围在跑道旁给运动员加油。不经意间，我和另外几个女生发现了人群中的周老师。周老师穿了一身茶绿色的长衫，还是熟悉的朴素的黑色高跟鞋。她大幅度地舞动着手臂，乌发被微风轻轻吹起，但似乎隐隐掺杂着丝丝白发。她还把双手比成喇叭状，卖力地大喊着：“加油！加油！603 加油！”等我们班的那位同学遥遥领先别人许多时，周老师终于停下来休息，同时也在人群中发现了我们。“我又想起了几年前的运动会，我也站在一旁给你们呐喊助威。"周老师站在我身边，有些气喘吁吁地说，但脸上还是不禁绽出一个骄傲的笑容，"鼓励他人，能让对方有了激情，能让他们不止在比赛中，更是在人生的赛道上奋勇往前跑。你是班干部，应该多多鼓励其他人，让603更加奋进。"

周老师对我们的教育是在潜移默化之中的，总能从点点滴滴中引出哲理。

这让我想起了杜甫的诗句："随风潜入夜，润物细无声。"

山、水和乡村

下午，我漫步在乡村中。

首先是一条红砖铺成的向上倾斜的小道。小道两旁，开得艳丽的杜鹃花一丛挨着一丛，一簇贴着一簇。走到这条小道的尽头，脚下是好几层的石头阶梯。

阶梯边缘有些破碎。阶梯旁是一片的垂盆草和一些我不认识的小草以及野菜，嫩绿、青绿、深绿……

不同的绿错综复杂地交织在一起，显得春意盎然。走下阶梯，平台边开了几株油菜花和黄金菊，金灿灿的，在绿叶的映衬下格外耀眼夺目。草丛中还有一些不知名的野花，白色和蓝紫色的野花星星点点，缀满了整片绿色。

放眼望去，是河和山。河的近处是无色的，越往远处就越绿，富有层次感，犹如翡翠般纯净。河水很干净，河内布满青苔的石头、疏疏朗朗的水草，还有往来游动的鱼儿全部看得一清二楚。微风拂过，河水轻轻波动。在阳光的照耀下，水面微波粼粼，花草树木倒映在水中的影子也随之微微摇动。河水浅的地方还有几丛菖蒲，有些是绿色的，有些却已经泛黄枯萎。菖蒲下能隐约看见有鱼苗在游动，悠闲自得。

远处的山是墨绿色的，层层叠叠的绿。山上有许多不知名的树，苍翠欲滴，葱葱茏茏。山上有一座灰白色的亭子，伫立在一片葱郁之间，并不突兀，反而显得和谐。山的墨绿与河的青绿交融在一起，很是和谐。青山绿水，仿佛一开始就连在一起。

河边，坐落着大大小小的房子。房前屋后，炊烟袅袅，毛笋的鲜香伴随着花香扑鼻而来，让人觉得闲适。河边偶尔走过几个女人，忙着洗衣服晒被子，聊天声和流水声回荡在一碧如洗的天空之中。

山、水和质朴的乡村，谁也离不开谁，谁都依靠着谁，令人感受到天然而成的舒适和闲散。

风铃幻想曲

　　和风温柔地抚摸着一切，窗棂上坠着的风铃又在"叮铃叮铃"地唱着歌谣，是谁的思念又在轻快的歌声中悄然绽放？浮现在眼前的人的面庞，亦真亦幻。

　　回忆像一行行优美动人的诗。我踏着韵脚，思绪飘忽到了前几年的隆冬。春节的热闹气氛总是提前到来。春节前的一周，几乎所有在外地的亲戚都回来了，也包括我那一年只能见一次的表姐。她住在海南，因此皮肤黝黑。她个子高挑，柔顺的黑色披肩短发，乌黑发亮的大眼睛深邃却又明亮。

因为有着同样活泼开朗、大大咧咧的个性，在众多亲戚小孩里，我与她关系最为要好。每年春节，我和其他表堂兄弟姐妹们刚一见面时都是有些生疏的，稍显害羞和尴尬。但表姐一见我就激动得嘴角高高上扬，露出两个酒窝，用了很大力气紧紧握住我的手，随后又紧紧拥抱几下。

我们俩几乎形影不离，而且总能找到各种各样的话题。她牵着我的手来到一个单独的房间，拿上一盘瓜子、橘子或者零食，把门关上，随意盘腿坐在床铺上就开始了无尽的聊天。从学习，到生活；从开心的分享，到直率的吐槽；从老师，到同学……每次跟她聊完以后，总觉得自己心中被占据的快乐与不快乐都放下了。

我们还喜欢一起去逛小卖部，轮流请客。望着面前一排排眼花缭乱、琳琅满目的玩意儿和零食，互相给对方提出意见和推荐，快乐就在尖叫声、欢笑声和击掌声中久久回荡。我们一起漫步于河畔，一起玩牌做游戏，一起吃饭聊天，一起放烟花鞭炮……这些美好的时光就这样随着时间的流逝一点点过去，但是那份纯真无邪的欢乐永存于心间。

转眼，时间便来到了分别的时刻。表姐无奈地拍了拍我的肩，从她的帆布包里拿出一个粉色与绿色渐变的精致小盒子叫我打开。盒子里是一个漂亮的日式风铃。风铃被一根浅红色线串联起来，本体类似于一个透明的玻璃小球，但是里面和下面挖空，玻璃外侧印着几条不同形态红色、白色的鲤鱼，还有几朵浅粉的荷花和浅绿的荷叶。里面是红色的金属小棍子，风铃最下面系着一张暗红色卡片，上面是白色楷书竖排的两行字"少年不惧岁月长，彼方尚有荣光在"。

此后，我们有时在网络上联系。此后几年春节得知表姐因为新冠疫情不能回来过年时，我的心中是寂寞的，也有按捺不住的失落。看着窗前随风轻轻晃动的风铃，我在脑海中一遍遍想着表姐那黝黑的皮肤、高挑的个子，柔顺的短发和乌黑的眼眸。

年复一年。不论是暖春还是深秋，盛夏还是隆冬，挂在窗上的风铃，依旧不息地发出清脆悦耳的声响，萦绕耳畔。

童年时光中的爷爷

爷爷知识渊博，风趣，幽默，不忙时总喜欢给我讲故事。儿时夏天傍晚，记忆中爷爷总喜欢坐在老藤椅上，手握蒲扇，一边慢悠悠扇着，一边给我讲故事。无论是我听不厌的四大名著，或是他、曾祖父和爸爸的有趣故事，抑或是那些古代王朝的兴衰历史……他老人家好像什么都知道，故事仿佛永远说不完。我最喜欢听爷爷讲《西游记》。他总是能传神地将孙悟空三打白骨精或唐僧教育徒弟，模仿得惟妙惟肖。他几乎记住了每一处情节，还时常给我补充许多相关知识和题外话，滔滔不绝，一谈就是好几个小时。爷爷虽说很少出门，却知晓天下事。他常常坐在院子里读报，凭着一张报纸，爷爷便能知道当时发生的许多事，讲故事般地说给我听。我常讶于爷爷什么都知道。爷爷只是笑着说："秀才不出门 —— 便知天下闻。你爷爷我也一样。"

记得一次，我在家里边看着新出的电视剧边端着瓷碗吃饭。爷爷走过来，看见我还剩着半碗米饭，提醒我要全部吃完。电视剧正播到最精彩的片段，我目不转睛地盯着屏幕，敷衍地摆了摆手："吃饱了，剩下的麻烦爷爷帮我倒掉吧。"我原本以为爷爷会把那半碗饭倒了，可当我回头去看的时候，只见他正坐在一边，手中端着剩下的米饭，一点一点地吃着，一边

嚼，一边讲着他童年的故事。小时候，曾祖父有四个孩子，但当时因为生活贫苦，一家六个人除了过年，平日里只能同喝一大碗粥，或是同吃一个半的新疆烤馕。在那个年代，没有吃剩下，只有吃不饱。听着爷爷的话，我默然良久，过了一会儿便主动承认了错误，保证以后不再浪费粮食。

爷爷对我的爱，是温润、厚重的。他总是很少用言语来表达这种爱，但一直默默在我的身后保护我、影响我。那是一年秋天，奶奶上街买菜时从隔壁鲜花市场里淘回来一个漂亮雅致的白色旧瓷罐。她一边用干净的布擦拭罐子，一边不停念叨着自己买回来了一个宝贝。那天，好友来家里做客，正嬉闹间，我却一不小心把奶奶的宝贝瓷罐撞倒了。可怜的罐子四分五裂，我悬着的心一起碎了一地。我被吓坏了。正巧爷爷回来了，他瞧见了地上的碎片，瞬间明白我闯了祸。爷爷指指罐子的碎片挥挥手："诶，别发愣了，快点打扫了吧，别让你奶奶看到了。"我说："可是奶奶知道了怎么办？"爷爷沉思片刻，爽朗地笑了起来："你爷爷有好法子，保准让她不气。"

晚上奶奶从亲戚家回来，爷爷变戏法般从兜里掏出一千元，递给奶奶。奶奶蹙眉瞅着那一千元，不解地问爷爷这是干什么。爷爷仿佛中了奖似的说："今天我出门遛弯，遇到一个收古董的人。他看上了你那个罐子，给了一千元，收走了。"奶奶一听就笑起来，把那一千元反复数了又数："我说什么来着？我就说这个罐子是宝贝，一定值个好价钱。"奶奶果然没有生气，这件事就这么过去了。我在心里佩服爷爷的机智和"仗义"，也暗自对自己说，以后如果爷爷"有难"，我也一定帮忙。

邻居嬷嬷和公公平时和他们家大女儿一同生活在

城里，便托我爷爷帮忙照料一下院子。爷爷本就对照看花草、宠物一类的事情非常欢喜且在行，就欣然同意了。那天下午，我堂弟一家来我们家做客，还带了他们家那只名叫"馒头"的泰迪犬。小"馒头"很活泼，一到没来过的地方就兴奋地乱跑。我们坐在客厅聊天，就由着馒头跑着、跳着。可当堂弟一家要离开了、喊"馒头"回家时，我们才发现调皮的泰迪犬已经把邻居嬷嬷家院子里的花花草草都"糟蹋"了一遍。

"哎呀，这怎么办？他们今天晚饭过后就回来了。"爷爷叉着腰，一脸苦笑地环视院子里的一片狼藉。我站在爷爷身后，想起爷爷曾经帮了我好多忙。这一回我终于找到机会能"出手相助"了。"我也来帮忙。"我对爷爷说。

我们祖孙俩很快拿起扫帚开始对院子发起"战争"，把地上的泥土都扫在一堆，又去花鸟市场买花草带回家。直至快近傍晚，我们才结束。爷爷招招手示意我在一旁坐下，递了块干净的毛巾和一杯温水，又掸了掸我衣服上的泥。我才发觉，那天的夕阳格外的美。

我长大了，渐渐不再是那个曾经依偎在爷爷怀中的我，和老人见面的机会随着我慢慢成熟和独立愈来愈少。但是即使是那春去秋来依旧轻拂的风，都永远抹不去童年时光中爷爷陪伴我欢笑的样子。

我的"篮球迷"爸爸

我的爸爸是一位十足的"篮球迷"！他不仅爱打篮球，还爱看篮球赛。

爸爸在平时空闲的时候看篮球赛也就罢了，最夸张的是他吃饭时看，上厕所也看……这不，中午吃饭的时候有一场赛事，爸爸又开始看比赛了！只见，他右手拿筷子，左手端着饭碗，而眼睛却紧紧地盯着手机屏幕，像一尊雕像一样。我偶尔叫他一声，爸爸才回过神儿赶忙扒几口饭。就为这事儿啊，爸爸还尝到过苦头。

记得有一回，爸爸又"犯了老毛病"，在吃饭时津津有味地看着篮球赛，还时不时地大喊一声"厉害！""加油啊！再跳高点就行了！"坐在旁边的我无奈极了，好像球赛比饭还"好吃"。诶！我突然有个坏主意！正当爸爸看得目不转睛的时候，我提醒爸爸："爸，快吃饭吧！小心把饭喂到鼻子里了。"爸爸摇了摇头，伸手要去夹番茄。我赶忙把早就准备好的辣椒放在爸爸筷子下，说："哝，我给你夹了。"爸爸对我笑了笑，还说："乖女儿！"说完，爸爸的眼睛又死死地盯着手机，顺带吃下了辣椒！我看得两眼发愣，等他吃完辣椒以后，我才小心翼翼地说："那个……辣椒不辣吗……"爸爸呆住了："啊？辣椒当然辣啊！""那你刚才吃得好像不辣一样……""啥？我什么时候吃过辣椒了？""你回味回味。"突然一下，爸爸叫起来："好你个淘气鬼，给我吃辣椒！啊……辣死我了……水！"我噗嗤一声笑了，都顾不上端水了……看到爸爸傻乎乎的样子，我忍不住捧腹大笑。

爸爸除了爱看篮球赛，对各个篮球队的比赛状况以及篮球明星也都非常熟悉。中午吃完饭，我问爸爸："爸，我真搞不懂你，篮球赛有什么好看的？无非就是有一个队投了篮得分了呗！""这你就不懂了。"爸爸瞪了我一眼，"我看的是美国NBA季后赛，参加比赛的篮球队是'勇士'队和'火箭'队。'勇士'队里最厉害的人是库里，'火箭'队里最厉害的人是哈登。最后'勇士'队赢了，要知道去年的冠军也是'勇士'队……"爸爸滔滔不绝地说了好久，有时脸上还会出现自豪的表情。我知道，爸爸很喜欢"勇士"队。

听了爸爸一长串的话，我佩服得五体投地：爸爸真的是太了解篮球赛了！

爸爸儿时的梦想，也是当一名篮球运动员。他很想到国际篮球赛场上与姚明这样的篮球高手并肩作战，很想为国家争光……这。就是我的"篮球迷"爸爸，一个十分痴迷篮球的人。

象山的海

　　这一次去象山，是冲着那里的海去的。

　　都说象山的海是十分美丽的，我们一直心心念念地惦记着，这次终于能够得偿所愿。刚吃过晚饭我和堂弟就兴奋地跑到沙滩上，找了一处人少、沙子少的地方脱了鞋，欢快地奔跑起来。傍晚的天已经暗了不少，太阳在此时变得火红，光芒没有白天刺眼，小半个已经没入了海里。云也被太阳渲染成了红色，还别

致地镶上了一层金边。时而一群海鸥从山的这头，飞向山的另一头。轻柔的晚风吹过海面，带起一股浓浓的海盐味。海水深蓝近似黑色，只能看清浪花泛着白。

我走在沙滩上，尽管沙子硌脚，但是心中却还是感觉很舒服。已经看不见太阳了，也看不清水的颜色，好像天和水融为一体，分不清哪里是海，哪里是天。站在离海水近的地方，海浪一波接着一波地朝岸边涌过来，有时候海浪大，会冲得人站不稳。海水是冰凉的，把脚上的泥沙都冲走了。人们则在岸边搭起了帐篷，泼着水玩闹。

第二天接近正午的时候，我们又来到了这片海。与上次不同的是，我和堂弟都穿上了泳衣，做好了游泳的准备。太阳正处于天空的正上方，照得海面波光粼粼，让人不敢直视。海水的最远处是深蓝色的，接着近一点是碧绿色的，离我们最近的浪花是白中带黄的，色彩之间过渡得完美无瑕。沙子滚烫得像刚烧好的一盘菜，海水却是温暖的，不热也不凉。远处一艘艘船、一艘艘摩托艇行驶着，汽笛声和人们的欢呼声响在头顶。

靠近海岸的水很浅，比我和弟弟的个子还低了很多，我一游，肚子就蹭着沙子，很不舒服。于是我们就蹲在海水中，表面上看起来像是安安静静地坐着，其实手在水下不停地摸索着沙子中藏着的贝壳和海螺。一阵阵海浪涌过来，冲倒了原本好好地蹲着的我们，还没有反应过来，我们就被海水冲回了沙滩上。有些小孩在沙滩上奔跑，拿着桶和铲子抓蟹；有些大人坐着船，有些在海里游泳，有些骑着摩托艇，有些在礁石旁边野餐……

在象山的海边，一切都是自由的、轻松的、快乐的。在我看来，拥有了面朝大海的夏天才是最完美的。

笑隔蔷薇共人语

落日的余晖温柔又不失热烈地洒在大地上，为天边徐徐飘浮着的云彩镀上一层金，清爽的微风吹散了傍晚的最后一丝炎热。一簇簇重瓣的纯白蔷薇宛若惊鸿，夕阳下，那一抹笑久久难以忘怀。

一个夏日的傍晚。远方的太阳还是那么明亮，时不时拂过一阵风，可是驱不走夏季的闷热。空气还在躁动着，蝉鸣四起，闹得人心烦。我和几个人站在公交车站牌下等车，仿佛只是一位迷茫而又孤独的过客，恰好经过这一片夕阳罢了。我有些心烦意乱地四处张望着，可是苦苦等不到公交车的影子。

恍然间，我闻到身边一阵幽幽的蔷薇花香散漫开来，清新却又带着琼苞娇媚的韵味。公交车站牌下又多了一个女孩。这个女孩长得不算漂亮惊艳，但是如出水芙蓉般清秀灵动。她穿着一件白色衬衫和藏青色的背带裤，一双略显旧的白色运动鞋，墨黑的长发编成两个麻花辫，随意披在肩上。她的那双被夕阳映照着的深檀色的眸子显得干净清澈，薄薄的嘴唇红润的宛如两片嫣红的花瓣。

稍后，她在手机里飞快地打着字，有些不好意思地拍了拍我的肩，手机上显示着："你可以帮我拿一下行李吗？我的腿受伤了，非常感谢。"我内心其实是百般不情愿，但还是支支吾吾地答应了。我看了看自己的行李，扭过头暗地里哀叹了一声。女孩好像听见了，耸了耸肩，表情显得有些抱歉，面颊上浮起两片浅浅的红晕，只是朝着我浅笑不语。

仿佛是过了一个世纪般，公交车才迟迟赶到。我帮她拿着行李，直到她走上台阶时，我才在不经意间看见她的腿上流着鲜红的血。我心中猛然一颤，不禁有些后悔刚才那叹的一声气了。傍晚的缘故，人格外多，都在着急地找座位。我抢着第三个上车，灵活迅速地从一群拥堵的大人间穿梭而过，找了一个空位置坐下，女孩坐在我身边。路上，女孩似乎想试图跟我说些什么，手胡乱地比画着，时不时拍一下我的肩，可嘴巴却紧紧地抿着，只是一个人傻傻地笑，好像希望能向我传达什么。我蹙眉看着女孩这些奇怪的动作，过了会儿便转过头去没有看她，忽然觉得忘了点什么，只是看着窗外满天的彩霞。

一阵良久的沉默。到了倒数第二站，女孩干脆利落地拿起包裹，低着头踉踉跄跄地径直走下车去。我目送着她，余光间瞥见她还留了一张纸条在座位上。我顺手拿了起来，纸条上娟秀颀长的字体写着几句话："谢谢你帮我拿东西。可惜我无法向你张口来表达我的感谢与歉意。我是个外地人，爸妈有事情出去了，我只能独自去山上的外婆家。还有，你上公交车时在找座位，所以忘付车费了，我帮你付的两块钱就当作是给你的谢礼吧。"

似乎就在那一瞬，我们的心灵相通了。我朝车外望去。那个女孩正站在公交车牌下浅笑盈盈，白嫩纤细的手微微举起在风中挥动。她灿烂地笑着，嘴角微微上扬，露出两个甜美的酒窝，明亮的杏眼弯成两道新月。她的背后，微风拂过爬满残墙的蔷薇叶子，鲜艳盎然的绿在阳光下如海浪一般晃动着，泛着粼粼金光，荡漾着碧波柔情。虽只隔着一层玻璃，但仿佛能闻到那馥郁的香。娇嫩欲滴的蔷薇被夕阳点染成了金色，尽情却又含蓄地绽放着，映衬着女孩的笑，显得格外俊秀动人。

公交车开动了，女孩单薄瘦弱的身影越来越小，直到被暮霞遮掩住了，我才回过神。

远方的云霞把天际染成了金橙色，落日归巢的鸟的羽翼掠过苍翠的远山。那就是女孩的外婆家吗？几许袅袅炊烟，在远处的山坡上晕染。暮景是多么怡人惬意啊。可也只有那一抹隔着蔷薇绽开的笑意，在我心中永远、永远地盛开。

留下最美丽的花

小时候，我时常望着墨绿色的枝叶间一朵朵绽放的山茶感叹："这些山茶开得多么美！"但是美丽的事物背后总会有"残酷"的原因。

爷爷奶奶家院子里有一棵名贵的山茶树，不高，叶子四季都是墨绿色的。每当冬季，墨绿色间总会绽开一朵朵玫红色的山茶，这个品种叫"十八学士"，花瓣层层叠叠，看上去饱满又艳丽。这棵山茶树有二十多年了，也是爷爷的"心头爱"。

冬天的傍晚，天暗得比较快。爷爷在院子里转悠，我坐在鱼池前面，呆呆地望着鱼池里新进的几条锦鲤。突然，爷爷说："你注意到了吗？山茶开了。""嗯。"我一下有了兴趣，跟爷爷聊起山茶的事情。爷爷搬了把椅子，拿着大剪刀，在山茶树前修修剪剪，一些枝叶掉落在地上，整棵树看上去秃了许多，只有下面的一些长得好或者带花的枝叶留存了下来。

我好奇地问爷爷，为什么要把枝叶剪下来。爷爷简单地回答："为了明年花长得更好。""为了明年花长得更好？""因为不好的枝叶被剪掉了，留下的好的枝叶明年会长得更好。既然这些树枝啊、叶子啊长不好了，为什么要白白把营养都给它们呢？"

爷爷又开始把一些青的，还未绽开的花苞摘了。"爷爷，为什么要把花苞摘了？这些花苞还没开花呢，摘了不就再也开不了了吗？"爷爷笑了笑，说："为了明年花长得更好。把不好的花摘了，留下最美丽的花和马上绽放的花苞，把营养留给明年的花。"

我终于恍然大悟，原来"有舍才有得"啊。修剪花苞是为了让花朵长得更好。山茶花如果花苞过多，会消耗大量养分。适当修剪花苞，可以让剩下的花苞有足够的生长空间，吸收更多的养分，从而开出更大、更美的花朵。

其实，修剪山茶花苞，又体现出了"牺牲小我，成就大局"的精神。

山茶花给了我太多深刻启示，让我学会了坚韧和毅力，学会了取舍与牺牲。

伞

温暖，这个充满魅力和诗意的词，能够唤起我们内心深处的情感。温暖来自父母的怀抱，来自朋友的鼓励，也来自陌生人递来的一把伞。

下午，我去上古筝课。天气明媚，阳光灿烂，那一缕缕阳光照在人的头顶，暖洋洋的。可是，深秋的天气总是那么阴晴不定。当我上完古筝课，一到门口才发现下雨了，而我却没有带伞。雨下得很大，很大，灰白而高远的苍穹仿佛裂了无数的口子，条条雨丝从屋檐上落下来倾泻成了一道银色的帘幕。

但我没办法，看这天气雨一时半会也停不下来，我只好把上课的背包顶在头上，朝家的方向飞奔而去。冰凉刺骨的雨水一滴一滴无情地打在我的身上，也打在我的心里。我顾不得被雨水打湿，朝着巷子跑去，衣服和头发全部湿了。阴雨天的街道上，人迹寥寥，略显冷清。偶有打伞的行人走来，鞋底踏在光滑鲜亮的青石板路上，溅起了细小的水珠。

忽然，我看见了巷子里有一个陌生的女人，这个矮小又佝偻着背的女人头上戴着类似于斗笠的巨大的帽子，手臂上整整齐齐地挂着一排伞。

女人顿了片刻，有些颤抖着开口："先生，买把伞吧？我已经站了好久了，还没卖出一把伞。"

过路的男人嫌弃地看了女人一眼，又看了一眼左手上的金表，头也不回地走了，只剩下冷淡的脚步声愈来愈小。

我仍然冒着雨向前跑去，经过女人的身边，却被女人一把拉住了。

女人打开了一把墨蓝色的伞，遮住了我的头，把伞递给我："小妹妹，这么大的雨，怎么没带伞？""哦……我不知道今天会下雨。"我有些不好意思地拂了拂湿透了的头发。女人笑了笑，柔声说："把伞拿着吧，这把伞就送给你了。"

"啊？"我有些惊讶，连忙摆手，"不用了，谢谢您，阿姨。"女人依然微笑着，把伞塞到了我的手里：

"拿着吧，小妹妹，雨下得这么大。反正我也卖不出去，这么多伞也没用。"我看了看雨，还是答应了。女人递伞的手微微颤抖着，几滴晶莹的雨水从手臂上流下来，划过她布满皱纹和茧子的手。我接过伞，碰到女人手的那一瞬间，女人手的温暖仿佛形成了一股无形的暖流，传入我被雨水打得冰凉的手，传入心底。

我急忙道谢，和女人挥手告别，转身向前走去。巷子里依旧下着瓢泼大雨，但留下的还有女人亲切的呼喊："小妹妹，快快回家去，洗一个热水澡，不要着凉啦！……"

"总有一些温暖是陌生人给你的，相遇美好，感动瞬间。"有时，不期而遇的相遇，陌生人给予的温暖，才是生命里的一道光，柔和且温暖人心。

温情悄然绽放

原来，邻居之间的人情味儿，在简简单单的偶遇、散步中，也能体现出来。

考试完，我满身疲惫地回到家，直接躺在了沙发上，怎么也不肯起来。晚饭后，刚下过雨，天空依旧灰蒙蒙的，太阳被棉花似的云遮住了，只留下一丝阳光。地面湿漉漉的，路边的嫩草还坚持挂着水珠。妈妈抱着妹妹，向我提议一起去河边散步。我是很想出去透透气，但是考试太累了，困意和疲倦使得我只想休息。我尝试着说服妈妈让我休息休息，但是妈妈依旧很坚持："正因为累了，所以才要出去走走，散散心。"我只好万般不情愿地跟在了妈妈后面出了门。

刚走到小巷子里，突然传来一声狗叫。转头一看，住在我们家旁边的杨医生带着她的狗也出来散步了。杨医生是我们这儿有名的儿科医生，每次我生病了奶奶都会去找杨医生，而杨医生也帮了我们家不少忙。

妈妈热情地和杨医生打招呼，杨医生也冲我们笑了笑。妈妈问："杨医生，现在小宝快七个月了，有什么要注意的吗？"杨医生笑着摸摸妹妹的脸，说："也没什么，可以给她吃吃米糊啦。小宝真可爱啊！""诶，好久没看到您了，您最近还忙吗？""忙啊，来看病的人不断的。"说着说着，我们已经走到河边了。河水不停朝前奔去，也不知道要去哪儿。

妈妈和杨医生边走边聊，聊到了妹妹能长多高，聊到我生长发育所需的营养，当然也拉了很多家常。杨医生，一只手牵着她的狗，一只手插在口袋里。"杨医生，您家的狗好可爱啊！""哈哈哈，是吗……""杨医生，回去我给您一箱蔬果汁吧，我尝过，味道很不错的。""客气什么啊，这多不好意思！""没事，也是谢谢您对我们家的帮助。"妈妈和杨医生畅快地聊着，我的心也从沉重慢慢开始变得轻松了……

走了一阵子，我们先带着妹妹回去了。妈妈似乎有些恋恋不舍："杨医生我们先回去了，小宝困了。

妈妈看看妹妹，又看看我。"你看啊，出来散步，多开心！"妈妈高兴地说。

我冲妈妈一笑表示赞同，要是我们没来散步，恐怕错失了一场温情之旅。邻里之间的温情，原来就像角落的花朵，总在不经意间就绽开了。

学会独立

路要靠自己去走，才能越走越宽。

——题记

独立，这个词语在青少年的语境中频繁出现。林清玄笔下的桃花心木想要苗壮成长，要靠自己来适应环境，而不是依赖种树人。人也是如此。

时光的脚步兜兜转转回到三年级的暑假，埋藏在我记忆深处的思绪随着微风飘散开来。当时，妈妈给我报了一个夏令营。这是我第一次独自一人出远门，也没有离开家人这么久过。那时候的我心中只有激动和期待。

　　但是当我来到夏令营，我的心就凉了半截。我本以为可以入住宾馆，舒舒服服地开始接下来的生活时，摆在我面前的却是一摊散着的帐篷架子，还有一张复杂的说明书。按平时，肯定有大人帮忙，我只需要在一旁玩就可以了。我和几个同龄的孩子找老师，问怎么装，可是老师只是微笑着摇摇头，说："你们现在不是幼儿园小孩子了，要学会独立，自己动脑筋。"我们只好失望地回到了草坪，坐在帐篷前发愁。天一片灰蒙蒙，太阳被阴霾吞噬，云朵被疾风撕得粉碎。

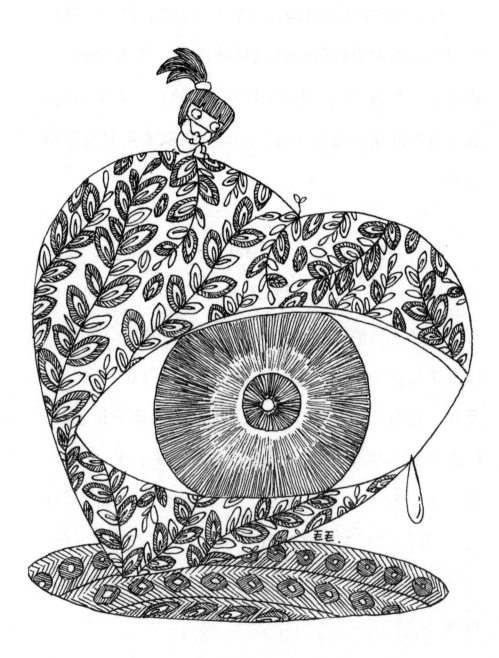

过了好久，我才慢吞吞、不情愿地开始按照说明书上的步骤搭了起来。我打开包装，取出帐篷的外帐、内帐、地钉和防风绳。我连接着几根帐杆，将一节节帐杆连接成一整根杆。

不知道为什么，其中有几根帐杆倔强得好像专门要跟我对着干。我使劲插在一起，涨得满脸通红，汗水滴在帐篷外帐上。无论我怎么折腾，帐杆就是连不起来。我又跑去找领队老师求帮助，可老师还是那样和蔼地笑着说："学会独立。"

我努力回忆着爸爸是怎么搭帐篷的，硬的不行就来软的。我这次动作没有像之前那么用蛮力，而是稍微温柔了一些，旋转着将一个帐杆插进另一个帐杆的孔。果然，帐杆还是吃软不吃硬。终于，我成功地把几根帐杆连在了一起。那时，天似乎更蓝了，太阳在厚厚的云层间跳跃，白净的云朵在微风中悠闲地飘浮着。

接着，我按照说明书的指引，把帐篷的内帐和帐杆穿插好，末端用卡口扣住。再用地钉把内帐固定好，外帐覆盖在内帐上，用防风绳将外帐固定牢固。

仿佛是过了没一会儿，一个漂亮、完美的红色大帐篷便赫然出现在一片盎然的绿草中。这是独立的蜜果。

独立，简简单单的十四个笔画，却足以撑起一个人的一生。愿那属于每一个人的桃花心木，都能在心灵的净土上，不惧风雨，向阳而生。

新书桌

　　妈妈为了让我拥有更好的学习环境，果断给我买了一个新的书桌和配套的椅子。这个新书桌并不一般，从它的每一处细节都淋漓尽致地体现了长辈对晚辈寄予的期望。

　　书桌是木头做的，散发着淡淡的木头的清香，书桌表面被打磨得很细致，摸起来很舒服。这张书桌上下无一处不是白色，白得清新、简约、大方。桌面方方正正的，不大不小，长 120 厘米，正好可以给我用来做作业。但是桌子没有一处收纳的地方。选择这种设计也是妈妈的良苦用心——她希望我做作业时能认真，不分心。椅子也是木头做的，除了椅脚和椅背是木质的颜色以外，其余地方也都是白色的。椅背是空心的，靠着椅背难免会有点儿不舒服。爷爷告诉我，不要去用力地靠椅背，否则椅子很容易倒。但他更想表达的是：做作业时要挺直脊背，驼背是个不好的习惯。

看着眼前的书桌，我不禁想起到货那几天的事。当到货时才发现，原来这个书桌和椅子是要自己组装的。爷爷默不作声地把所有零件和木板都从包装盒里拿出来。爷爷顾不上睡午觉，搬了一把小凳子，坐在丝瓜藤下，仔细琢磨起书桌图纸上的安装步骤来。不过一会儿，他二话不说就开始安装书桌。

正午，头顶上是炎炎烈日，让人不敢抬头，丝瓜藤上的丝瓜垂了下来，金灿灿的丝瓜花花瓣蔫蔫地打着卷儿，连吹过的风都是火热的。爷爷脖子上挂着汗巾，一手拿着木板，一手拧着螺丝。汗从他的额头滴落在木板上。爷爷急忙拿着抹布先把木板上的汗水抹干后，才不紧不慢地用汗巾擦擦自己的额头和身体。终于，一个崭新的书桌呈现在我的眼前，我拉拉抽屉，却发现打不开。我问爷爷怎么回事，爷爷说："你妈妈说，怕你在抽屉里藏什么玩具，做作业的时候分神，所以我就给封住了。"

至于椅子的安装就很简单了。细心的奶奶担心椅垫背面的黑色包装会掉下来，弄得地面黑乎乎的，就让爷爷再在黑色包装上面蒙一层布。爷爷没有一句怨言，观察、思考了良久，最后在黑色包装上面细心地蒙上了一层肉粉色的布。

完整的书桌做好了。我很喜欢这张书桌，刚安装完就提议搬到楼上我的房间去。但是爸爸说书桌有气味，需要在院子里晾个两三天。今天，在组装完的三天之后，我的新伙伴书桌终于来到了我的房间。它被妈妈安排在窗前，将陪伴我以后漫长的学习时光。

妈妈的"故意把抽屉封住"，爷爷的"不让我靠椅背"，奶奶的"不让黑色包装掉在地上"，爸爸的"让书桌晾几天"，一切的一切都是为了我好。我也希望我不会辜负长辈们的期望。

窗外的阳光透过紫色的纱窗帘照射在书桌上，照射出书桌的每一个部件，和每一个充满爱的期待。

雪落千寒，万物皆安

　　我和妈妈来到安徽阜阳，一是为了拜访她的朋友，二是来看雪。一个常年未见过雪的南方孩子，一路上望着动车窗外的景色，期待地揣着频频跳动的心。我们到时雪已经落完了，但是随处可见厚厚的积雪和冰，明熹的日光也暂时无法将它们消融。

　　阜阳虽在秦岭淮河以北，但毕竟也算靠近南方。

阜阳的雪不似北方地区那样热烈厚重，于我而言更像是一壶清酒，淡而醇香，徐徐酝酿，能感受到丝丝入骨清爽的冰凉。北欧轻奢风简约格调的酒店房间里一片静默，与窗外一片冰天雪地相映却也显和谐怡然。窗外风吹落枝上积雪簌簌轻语和搅在风里一路远去的车流挪动声渐渐弱下。

车平稳地在公路上行驶，路两旁植株上的雪越来越多、越来越厚。终于，我们到达了目的地。我们走进松树中。抬头看，每一条松树枝上都有积雪。雪不多，针一般的松枝聚在一起，托起那一团团雪。雪是那么的白，白得纯洁。阳光拥抱下的雪晶莹剔透，反射出淡淡的金色光芒。雪摸上去是刺骨的凉，渗入皮肤。有些快化的雪，一摸就化成水，从手指间落下；有些刚下不久的雪，揉成一团，特别硬，需要用好大的力气才能揉碎。刚下的雪闻上去，一股淡淡的雨水的新鲜和泥土的芬芳融合在一起，让人身心惬意。

雪地洁白，重重花树乱影交杂分错，宛如无数珊瑚枝丫迷影。我们是白雪纷飞中无数雪花之一，是落日罅隙下无数过客其一，但是也可以停下步伐，沐浴片刻的温柔。

我们一定会在凛冽纷扰的风雪中继续前行，永无止境。

意志坚忍，勇往直前

——军训心得感悟

古语云："古之立大事者，不惟有超世之才，亦必有坚忍不拔之志。"军训是一道铜墙铁门，需要拥有坚强的毅力与不怕苦的忍耐才能顺利通过，昂首阔步迈向初中三年的学习生涯。

时间如川流般奔腾不息向前跑去，永不回头。不觉间，为期五天的军训即将过去。说快也快，说慢也慢。在艰难苦累的军训期间，从训练中的点点滴滴中，我也有许多感想与感悟。

25 日那一天，我怀揣着一颗激动兴奋的心来到校园，坐在教室。本以为初中的军训也会和小学的那样，练习一下各种动作，比较轻松。但很显然，我的想法属实有些天真。这几天的军训可以用"枯燥乏味""又苦又累""艰苦难忍"来形容。闷热的天气在磨炼我们的耐心和坚忍，踢正步时四肢又麻又痛，从额上流下来的汗水落进眼睛里、嘴里既咸又疼。我还记得训练第一天，几乎有三分之一的同学抵抗不住天气的炎热和训练的疲累而坐在一旁休息。

但是，那些身体不舒服的同学并没有就此休息一整天。他们只是休息了一段时间，就立马投入艰苦的训练中来。第二天、第三天……身体不适的人越来

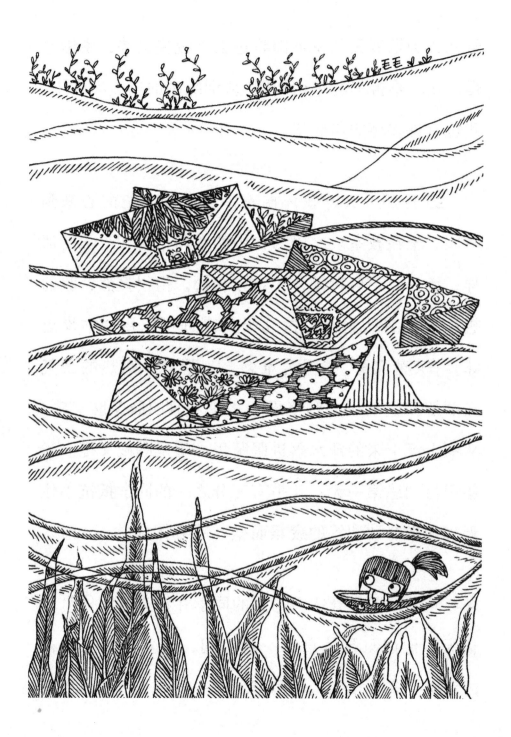

越少，最后每一个人都坚持下来了。也是从第二天开始，叫苦连天和抱怨喊累的声音越来越少，取而代之的是愈发响亮的口号声。第一天的懒散无力、乱七八糟，到今日的愈发整齐、步调统一，当然离不开每一位同学的付出与努力。因为我们心中都想为班级增光添彩。

我也曾在心中抱怨过，埋怨过。但当我看见别人努力的身影时，我告诉自己：孙艺藩，你要坚持住。别人都在忍受，你也能受得住。军训，能看出一个人的意志是否坚定，一个人的精神是否顽强，一个人的品质是否优良。这正是一次能培养刻苦耐劳的毅力和集体精神的良机，还能养成良好的学风和学习习惯，为以后能突破初中学习中遇到的困难做准备。

从这次的军训我也明白了：不论遇到什么事情都要怀着一颗坚强的心，不怕劳累酸痛，不怕困难阻碍，都要去坚持和努力。并且，要把团队精神看得最重，要优先为集体着想。

人生路漫漫，面前的路必定布满沼泽和荆棘，将来还会有更多的磨难和与他人协作成为一个集体的机会。我们一定要带着军训训练出来的坚韧意志走向更远的路，朝着心之所向坚定步伐，勇往直前。

呦呦鹿鸣，食野之蒿

"任风任雨野之蒿，青素惊弓屠疟魈。彼岸蓬藜邀诺奖，呦呦鸣鹿为国豪。"屠呦呦 2015 年 10 月获得诺贝尔生理学或医学奖之后，家乡宁波在她的旧居基础上，为她建了一个纪念馆。在一个风和日丽的日子，我们在班主任的组织下，参观了屠呦呦纪念馆。

屠呦呦是一位杰出的科学家，她发现了青蒿素，改变了世界对于疟疾治疗的认知。屠呦呦纪念馆在她出生的旧居基础上改建，建这个纪念馆的目的就是为了褒扬她在医学领域作出的伟大贡献和卓越成就，纪念馆承担着对屠呦呦科研成果的保护和传承，以引导更多的人学习屠呦呦的精神，促进医学事业的发展。

纪念馆里展示了屠呦呦的事迹以及她在中药研究领域的突出贡献，同时详尽地介绍了青蒿素的发现过程。馆内还陈列了她与合作伙伴和同事的合影，以及模拟展示了她的实验室工作场景。我和同学们花了一下午的时间认真参观了纪念馆，听讲解员详细讲述了屠呦呦的童年往事以及发现青蒿素的过程。

听讲解员介绍，疟疾曾经传遍全球，夺去无数的人的生命。1967 年 5 月 23 日，在毛泽东主席和周恩来总理的指示下，一个集中全国科技力量联合研发抗疟新药的"五二三项目"正式启动。当时的屠呦呦，把 4 岁的大女儿送到托儿所全托班，把小女儿送回宁波老家由父母照顾，自己则全身心地投入抗疟中草药的研发之中。

当时我们科技水平比较低，研制抗疟新药，无异于天方夜谭。可以这样说，这项研究的难度，犹如大海捞针一般。研究者们前前后后试用了四万多种草药，屠呦呦和同事对包括青蒿在内的一百多种中药水煎煮提物和两百余个乙醇提物样品进行了各种实验，但是结果都令人沮丧：对疟原虫抑制率最高的也只有40% 左右。

屠呦呦一直对中华民族古老医学十分崇拜，她认为中医药是中华文明的瑰宝，体现了中华文明的源远流长，于是她领导课题组从系统收集整理历代医籍、本草、民间方药入手，从中国古老医学中汲取营养。通过努力，屠呦呦及科研团队意识到，温度是提取抗

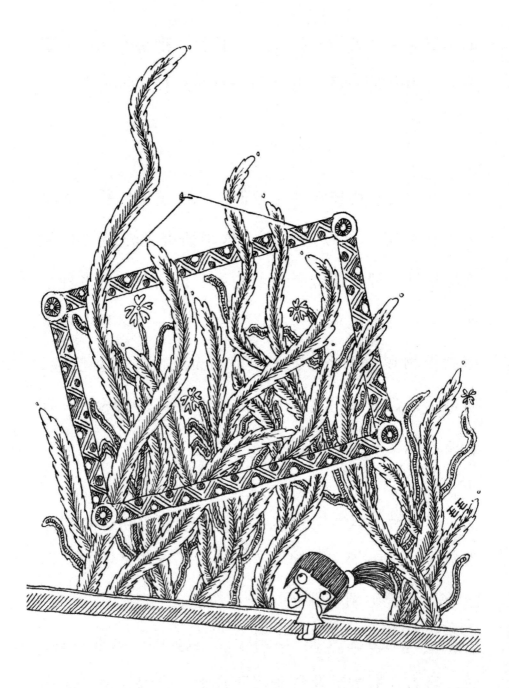

疟中草药有效成分的关键。经过周密思考，屠呦呦重新设计了新的提取方案。在经历 191 次试验后，屠呦呦终于发现了抗疟效果为 100% 的青蒿提取物。

获得有效样品只是成功的第一步，要能够应用，还必须先进行临床试验，为了不错过当年的临床观察季节，屠呦呦向领导提交了自愿试药报告，她郑重地提出："我是组长，我有责任第一个试药。"1972 年 7 月，屠呦呦和其他几名科研人员一起成为首批人体试验的志愿者。作为医药专家，他们比任何人都清楚，一旦试药出现严重不良后果，轻者中毒，重者丧失生命。但是，为了国家和人民，他们也顾不得这些了。经过一周时间的试药观察，未发现该提取物对人体有明显毒副作用。

之后，屠呦呦亲自带上样品，赶赴疟疾高发区，在病人身上试验，经过 21 例临床抗疟疗效观察，证明药效非常可靠。

此后，课题组再接再厉进行完善。1986 年 10 月，青蒿素获得卫生部颁发的新药证书。

屠呦呦的研究成果不仅在医学领域产生了深远的影响，也为全球公共卫生事业作出了巨大贡献，她的成果挽救了数百万人的生命，标志着人类抗疟历史进入了一个新纪元。正如人们称赞屠呦呦时常说的："科学家之所以伟大，并非为了把他们捧上神坛，而是因为科学家给世人和后代带来了兴旺发展的希望。"屠呦呦的获奖，其示范作用也是明显的，也许会让另外一个小女孩产生我要当科学家的想法，也许会让另外一名女大学生明白，妇女能顶半边天，女人一生的真正意义远远不止嫁人生子这么简单，屠呦呦的成功，提振了中国人特别是中国女性的信心和勇气。作为第一位获得诺贝尔生理学或医学奖的中国女性，屠呦呦的成就是她个人的荣耀，也是对中国科学家和中国女性的巨大肯定，她锲而不舍、勇于挑战、甘于奉献的精神，实事求是、坚持真理的执着态度，以及淡泊名利、为人低调的美好品格，都将激励着无数中国人投身于科学研究，为实现中华民族伟大复兴的中国梦作出新的贡献。

雨

　　下雨让车窗浮起水雾，隔着玻璃的是人与人之间心灵的抚慰。

　　上周五欢愉的放学铃声一响，成群结队的学生就潮水般涌出了校门。本就因为下雨而拥挤的人潮和交通变得更加堵塞。我倚着公交车站的广告牌等母亲来接我，百无聊赖地看着雨水在高高低低的雨伞上跳跃。

放学的喜悦和雨天的沉闷让所有人都似乎没有注意到，就在公交车站前的一辆黑色汽车里，一个扎着羊角辫的小女孩哭闹着奋力拍打玻璃，但隔音效果极好的车窗玻璃将她与喧嚣的人群分离。就算人从车窗边经过也很难发现异样。

"嘿，那辆车里有个小朋友在哭！她是不是被锁在车子里了？"

忽然，从我面前经过的一个高瘦、举着把透明雨伞的男生停下脚步，手指指着车窗朝另外一个女生喊道。

"别管啦，她的爸爸妈妈很快就会回来的。"那个女生弯眸笑了笑，不耐烦地摆摆手。

"不行，万一出什么意外了怎么办？"男生蹙着眉摇了摇头，朝着小女孩俯下身去，鼻尖贴着车窗，温热的气息扑打在冰冷的玻璃上很快浮起淡淡水雾。他用力地用掌心一下一下拍着车窗玻璃，大喊着："喂，小朋友，听得见吗！"

小女孩仍旧哭着，但听见车窗外有人，显然是没有那么害怕了。哭声渐渐地弱了下去，转变成止不住的抽噎。

"你的爸爸妈妈呢？"

"爸……爸爸去接……接……姐姐……姐姐了。"

"你别害怕，大哥哥在车外呢。大哥哥陪着你等你爸爸和姐姐回来好不好？"

男生笑起来眼眸圆润明亮，露出洁白整齐的牙齿，他用指尖在玻璃窗上画了一个简单的、很可爱的太阳。小女孩不哭了，肉嘟嘟的小手揉着眼睛，咯咯咯笑了起来，隔着车窗，也在玻璃窗上画了一个不一样的小太阳。

　　这一刻仿佛人群的喧闹全部与时间一同暂停，寂静中只存男生明朗的笑和被哄逗开心的小女孩甜甜的笑靥，以及棉细如针的雨丝轻轻打在玻璃上溅起的小小水花。

　　没过很久，小女孩的爸爸和姐姐急匆匆地走了过来。那位爸爸打开车门，抱起车里的小女孩，细雨中听不清说了些什么，只是一眼都没看到那个男生。

　　但那位男生似乎一点也不在乎，挂着雨珠的睫毛微微颤了颤，笑着和小女孩挥手，转身挠着后脑勺凌乱的发丝和那位等得不烦躁的女生说话，然后一同隐匿于人群之间。

　　这个雨天似乎变得不那么沉闷，这个冬天也似乎不再冰冷，因为从隔着厚厚的车窗玻璃上的两个小太阳中感受到了温暖。

在游泳中感受力量

"水是有生命的。"当你投入水的怀抱，它便向你涌来。那是最激烈的包围，也是最温柔的怀抱。你不必胆怯，只需按照自己的节奏勇往直前就好。

我第一次下水还是我八九岁的时候。暑假，爷爷和爸爸就经常带我去家附近的小河边野游。我不情愿又略带兴奋地将头没入水中，面部表情都僵化了，一遍遍告诉自己要克服人与生俱来对水的恐惧。爷爷就在旁边不厌其烦地鼓励我："藩藩做得好！加油啊！"

那时候游泳只是纯属孩提嬉戏，所以动作啊什么的都并不标准，既不像蛙泳，也不像自由泳，可能更像"狗刨"。但当我第一次一次又一次可以稍微脱离一点爷爷的范围，游得可以又远一点、又快一点的时候，我和爷爷都是满心的欢喜。我能在水下睁开双眸，看着水草悦动起舞，小鱼儿隐匿在水草间，时不时闪过亮晶晶的银色。这样的画面是童年记忆中的一抹鲜亮的色彩。我能感受到向前游去时，胳膊向两旁划，水拂过我的两颊，清凉而又温柔，仿佛拨开一道隐形的幕布，前方就在等待我。

虽然每次游完泳回来，奶奶都是大叫起来："我们囡囡本来生得多白净呀，怎么每次一游完回来就变这么黑了！""什么嘛，黑点更健康。"爷爷笑嘻嘻地摸摸我的头，"快去吃饭，今天游了这么久肯定可以吃两大碗！"

爷爷说得对。每次游完泳我的胃口总是大开，运动后的疲累饥饿转化为食欲，也忍受不住奶奶做的一桌子香喷喷的饭菜在引诱我的鼻子。果不其然，吃得多了，动得多了，每次开学回去我都会得意地接受其他女生的艳羡："藩！你怎么每次假期之后就长这么快！"

夜晚月色流泻，照得爷爷的白发亮银银的，好像被撒了一夜星光。温馨静谧的回忆也在时光一点一滴流逝间绽放。

"水是有生命的。当你投入水的怀抱，它便向你涌来，那是最激烈的包围，也是最温柔的怀抱，不必胆怯，只需按照自己的节奏勇往直前就好。"爷爷这样说，轻得像是悄悄话，像是从神祇那里得来的神谕，只告诉我一人。

只记得那年小镇夏日的盛阳很明媚，蝉鸣很聒噪，跃入水中溅起的晶莹剔透的水花，点点滴滴拼凑着我零碎的回忆。

今年暑假，初二生们就不得不面对即将到来的游泳中考，我也是这群焦虑的学生中的一员。一般孩子都是从小开始学习游泳，而我只是很小的时候跟着爷爷和爸爸野游，对水不是很畏惧，但是动作什么的都不标准，再加上已经好几年没有下水，还是要从头学。看着大部分同龄人已经在水中如鱼得水，我站在泳池边"偷"感十足地背上浮包，觉得尴尬又难堪，呼吸也变得不自然。

久违的再一次入水，惊人刺骨的冰凉密密麻麻爬上脊背，连带着心中本来的不安使我哆嗦了几下。第一部分的憋气练习对我来说还算是易如反掌，多亏了小时候的经验。看着同学梗着脖子畏畏缩缩地把头探入水中，不敢多待几秒便立刻抬头，心中莫名有了点小得意。真是太感谢爷爷和爸爸了。

学手的动作的部分也还算简单，可是腿的动作又难做又辛苦。长期不运动的我被教练这么一折磨，下课后的双腿僵硬又酸痛。但我仍然很努力地克服以前那些极其不标准的动作的肌肉记忆。不过倒也是因为小时候泡在水里的那段时光，我仅花了三节课就学会了游泳，并且之后课速度都在提升。教练也在大家面前经常夸我，而且我是唯一一个被他记住名字的。听同学羡慕地夸我，问我怎么学得这么快，我总会更加努力地游，仿佛找到了那种小时候在水中和爷爷嬉闹的纯粹的欢乐。

但是，自己给自己添上的障碍像荆棘刺挠着我的心，杂错盘踞而无法消除。因为我平日实在是缺乏运动，没游几下就开始累了，再加上我总是在这种莫名其妙的小事上脸皮变得特别薄，导致每次测试我都畏首畏尾地排在最后，尽量不测，或是只要觉得自己不行了就立刻中断，跟教练不好意思地说："老师，我实在是游不动了。"

幸运的是，我遇上了一个好的教练。他不会因为我这种行为而生气。他理解我这么大的小孩子的心思。那天，在别人游的时候，教练把我叫到他的跟前，说："你知道吗？世界上的万事万物都和水一样，都是有生命的，只是他们生命的表达形式不一样——比如水，当你投入它的怀抱里时，它便会向你涌来，冲击着你、托举着你，给你热烈的拥抱。那时，水就像妈妈一样，拥抱呵护着你，成为最温柔的怀抱。所以，你不必胆怯，只需按照自己的节奏，勇往直前就好。"

我凝视他的背影，好像看到了月色如银下爷爷的那头白发，也好像听到了爷爷亲昵地在我耳畔的呢喃声，像一阵风吹拂心弦，那是水悦动的叮咚。

于是，在教练的鼓励之下，我还是站上了泳道，并且第一次卸下了浮包。熟悉的刺骨的冰凉，熟悉的"一、二、三"，身体就不由控制地那么往前冲去。无限宽容和温柔的水将我包裹，我缓缓睁开双眸，仿佛眼前随着身体起伏和波光粼粼，浮动着的是舞动的水草、银色的小鱼、爷爷的笑和那年盛夏最明媚的阳光。

但是由于是第一次不借助任何其他的浮力游，我感觉我的身体在不由自主地向下沉，恐惧和心中不断喊"放弃"的低语萦绕着我混乱的大脑，我的动作开始慌乱，果然在扑腾间呛了好大一口水，鼻腔和喉咙被涩涩的痛占据。手忙脚乱间，浮现出爷爷的脸："藩藩做得好！加油啊！"爷爷总是那样笑意盈盈的、不厌其烦地鼓励着。

我将头没入得更深，慢慢调整着我的动作。当再一次抬首呼吸时，我见阳光透过游泳馆最顶上的百叶窗罅隙间斑驳落下，落在我面前的泳池上，空气间是闪烁着金色光芒的盘旋飞舞的微尘，水面被镀上金色，波光粼粼，浮光跃金，仿佛星辰揉碎撒入水中。

我便朝着那片星光无止境的深处游去。

游泳后，我在更衣室擦拭湿漉漉的头发。旁边的女生一边换衣服，一边同我闲聊："你满分了！你真是努力呀，其实教练不在也可以偷懒一会的。但我也好羡慕你啊，我连最简单的对水的恐惧都克服不了，你怎么做到的？”

　　我思忖了一会，斟酌着语句怎么回答。于是乎，我有些羞涩和鼓励地朝她一笑：“我很小很小的时候听过一句话，‘水是有生命的，当你投入水的怀抱，它便向你涌来，那是最激烈的包围，也是最温柔的怀抱，不必胆怯，只需按照自己的节奏勇往直前就好。’”

追梦不止

所谓梦想，是生日时收到心仪已久的星黛露梦幻礼盒，是投递出很久的作文获得了全国大奖，是励志长大成为科学家，成为电视前万人瞩目、闪闪发光的名人。

但对于她来说，梦想是能写满一整本她天马行空想出的词句。

"听说上数学课的时候你又在写你的破小说了？！"班主任又气又好笑地环臂看着，办公室里其他班的老师又开始偷笑。这是温原不知道第几次被其他科老师投诉上课写小说告到班主任那里了。

"数学的世界太高深了，不适合我这种普通人。我就是喜欢自己写写。"温原机械地回答。

"温原我说你呀，你看看你现在都高三了。以前高一高二你写写也就算了，的确，你作文写得确实不错，语文成绩也是数一数二。可你已经临近高考了，其他科，尤其是理科，再不重视就拿不到好分数，考不上好大学了。"

"那好，温原，你有什么梦想吗？或者你想考什么样的大学？"班主任看温原一副心不在焉的样子，无奈地扶额。

"写作，出版我的小说，成为大作家。"温原突然抬眸对上班主任的眼，语气坚定得仿佛不容一丝置疑。

"好，我支持你，但前提是你也要补补其他科成绩！下次月考，要是数学再不及格，以后都不准写了，听见了没？如果你考得好的话……我还可以请语文老师帮你看看你的小说。"

"……听见了，老师，我会证明给你看的！"温原莞尔一笑，头也不回地走出办公室。

盛夏的蝉鸣聒噪，枝丫交错投下斑斑光影，绿意恣意疯长。

"温原，你这次考得怎么样？数学不会又不及格了吧？"同桌拿着成绩单好奇地伸过头来，本想好好嘲笑一番，却意料之外地怔住了，"你数学……竟然……及格了？比我考得还高？你吃错药了？"

"你难道没发现，我们温原从上次上数学课写小说被班主任叫到办公室后，就开始狂补数学了吗？下课都不和我们去小卖部了。我看得都心疼……为了能让班主任支持她继续写小说真的好拼命啊。"后桌不知什么时候坐在了温原课桌上。

温原也颇为意外地反复看了好几遍成绩单，抿唇蹙眉，手心不知道是不是因为夏季的炎热沁出了汗……竟然都及格了，比上次还进步了十名左右。她突然猛地站起来，一把抓起课桌上厚厚一本她写了将近三年的书稿，把后桌和同桌都吓了一跳，匆匆地跑向办公室，无意间撞到了好几个同学都没有发觉。

"我和语文老师等着你呢，把你的小说稿拿出来吧。"班主任和语文老师看着温原。温原气喘吁吁地一手扒门框，另一只手抹了抹额上的汗水，眸中漾着从来没有露出过的明媚的笑意。

"故事情节很好，文笔也一如既往地有特色，把主人公刻画得很生动形象，每个角色都有属于自己的故事。唯一稍有遗憾的是，你的故事主题好像并没有特别凸显。所以请你告诉我你的整个小说主题是什么呢？"语文老师思忖片刻问。

"追梦。"温原答。

"为主人公再加入点关于梦想的故事吧。"语文老师忽而露出一个意味深长的笑，"为什么不加入点你自己身上的故事呢？比如说上数学课写小说被老师抓住了狠狠批了一顿？"

"改完把电子稿发给我吧，我可以再帮你润色一下。我有个编辑朋友，我可以帮你去问问能不能出书……你爸妈那边的问题我会去沟通的，我很欣赏你。"语文老师看温原欣喜却又透露着点点担心的神情，故作轻描淡写地补充了一句。

后来，温原的文章发表了。后来的后来，高考时她超常发挥，数学意外地考了一个高分，也意外地进了一所名牌大学。当然了，她还是没有片刻犹豫地选择了中文系。

温原的故事结束了，但她逐梦的脚步从未停止。

小说的结局是：那年盛夏蝉鸣聒噪，枝丫交错投下斑斑光影，绿意恣意疯长。昏昏欲睡的午后，心怀梦想的同学们都淹没在厚重的书堆后。无人注意的是，校园围墙的一角，蔷薇开得正好。

追忆往昔，迈向未来

我的脑海里常常出现这样的画面：孩子们的嬉闹声充满着由上海开往北京的绿皮火车的车厢，我静静地躺在卧铺车厢的床上，静静地听着耳机里循环着的一首熟悉的歌曲。窗外，时而掠过农田和村落，时而看到鸟儿在远山飞翔。我期待着，思绪带着我的心飞向未知的远方。

十年前，我独自一个人，踏上了北上求学的旅途。那时的我还不习惯周遭的纷扰喧闹，躺在几个人挤在一个小间的卧铺上，觉得有点不习惯，有时候还不得不忍受着隔壁床铺上那位中年男旅客满身呛人的烟草味。

　　白驹过隙，时光荏苒。时光也如那趟列车般不停歇地向前奔去。大学毕业后，我在朋友的介绍下找到了一份兼职。这是一家小型涉外旅行社。因为我的英语还不错，所以被老板派去当一个外国游客旅行团的导游兼翻译。

　　这是我继十年前，再一次踏上去往北京的列车。时过境迁，同样是从上海到北京，当初我在列车上整整过了一天才到达目的地，而这次旅程仅仅用了 6 个小时，比上次旅程整整缩短了十几个小时。当我们乘坐的"复兴号"列车飞速向前奔去，对面的绿皮火车正朝着我们的反方向而去。白与绿的短暂交错，让我仿佛有一瞬的恍惚，就好像看到了十年前正躺在卧铺上戴着耳机的那个我，又好像回到了十年前的岁月。那时的交通还不发达，出趟远门非常麻烦。然而，待我再定睛看去时，透明的画框中便只剩飞鸟与远山。

"嘿，你们中国的动车开得好快啊！出门旅游真是太方便了！"一个外国友人拍了拍我的肩，把我从幻觉中拉回现实，"这个卧铺用来睡觉太舒服了！车上好安静啊，大家都互不打扰呢。"

我笑了笑："是啊，现在在我们中国出行已经非常方便了。"

我们到达北京的第一站是北京颐和园。

颐和园集各种风格的建筑为一体，是一座恢宏富丽的园林。我带着外国游客来到颐和园内的昆明湖。堤岸上，桃树、柳树相映成趣，迷蒙如织的烟雨中，远处的青山隐隐约约地笼罩在乳白似纱的雾气中，让人如梦如痴。我的目光徐徐地从远山黛色中切换到近处的烟柳画桥，水波潋滟，倒映出伞下人的身影。不远处，有一个青衣女子在唱京剧。她的歌声在如歌如诉的音乐中，流泻弥漫开来，似乎在追望着厚重的史书上那些悄然而逝的轻尘。声音缥缈而神秘，随后如雾般散去，而不留多少痕迹。

连续几日的旅行，我还带着外国游客去了天安门广场、长城等著名景点。看着外国游客脸上洋溢着的快乐，我十分自豪。有一位外国游客一边忙活着用相机拍照，一边感叹着对我说："中国的建筑真的太有特点了！我还听说过你们秦始皇陵的兵马俑，十分壮观，我和我的家人们都想能够早日目睹兵马俑的真

容，这次一定要早点带我们去看！"

"别急，"我朝他微微一笑，"下一站我们就将去西安，参观兵马俑。"

我们的第二站就是古城西安，这座有着几千年文化底蕴的历史古城，吸引着无数中外游客。我带着游客踏上了西安这座古老的历史文化名城。

我们先去了兵马俑。兵马俑是秦始皇为了保护自己的陵墓，以及震慑四方而建造的。兵马俑的规模之大，令每个目睹过的游客惊叹连连。那些铸造的士兵、战车、战马，无一不雕刻得栩栩如生，神态各异，站在这片土地上，我仿佛听到了远古战场上的厮杀声，仿佛看到秦国将士骑马奔腾的威风。

几千年前的秦国都有如此精湛高超的雕刻、建造技艺了，现在的中国更是在各个领域展现出中华民族的聪明才智和执着追求，我国已经在很多方面取得了让世人惊叹不已的成就。

晚上，我们来到了展现中国唐代夜文化的大唐不夜城。整个城内璀璨耀眼的灯火，将这座繁华的不夜城的每一个角落都照得十分明亮。音乐、舞蹈、灯光与喷泉表演等融汇在一起，让人产生了错觉，以为自己真的回到了那繁荣的大唐。那辉煌的灯火，不息的笙歌——这，是长安的永夜，我和城中的所有人一样，都为其独特的文化深深地着迷了。

游览了一圈之后，我们一行人便找了一家餐馆歇息。臊子面、羊肉泡馍、肉夹馍等西安特色美食尽数被端上了餐桌，顿时，整个人都仿佛被香气笼罩，吃一口，唇齿留香，肆意又畅快。其中的一位外国小姑娘忽然好奇地拽了拽我的衣角，眉眼漾笑："姐姐，你的家乡有什么呢？"

"我的家乡吗？"我怔了怔，忽而想到了什么，不由自主地绽开笑，"我的家乡有海，那是一片无边无际的海……"

我的家乡宁波是一座典型的港口城市，依海而生，靠海吃海。行走在海边，微微咸腥而清爽的海风吹拂着我们的脸庞，翻涌的涛声，以及港口处四周的灯光落在海面上，如同细碎的星辰融入海面。出海忙碌的船只投入港口的怀抱，海风轻柔而潮湿，波浪涌动着温柔的梦，在洁净的细沙上，贝壳螺旋秀丽精致，莹润珍珠被掩护其中，于细浪温柔间展现单纯洁白而又坚定的光芒。随着中国科技的迅速发展，宁波也在快速地向前奔跑着。

这一路上，我被祖国辽阔的土地和繁荣的发展所震撼。从我国古代的四大发明到当下的"嫦娥揽月"，我们走近中国科技发展史，共同领略了中国科技发展的辉煌历程。当我把这一切介绍给那些外国游客时，我的民族自豪感油然而生。生于中国，我感恩这一片土地赐予我宽广的胸怀，以及不懈进取的做人态度。十年不长，但祖国这十年的飞速发展，让我自信，让我为自己是一名中国人而自豪。

历史远去了，旧的时代一去不返了，面对新时代，我们每一个中国人，都应当牢牢记住，我们要"述往事，思来者"，了解治乱盛衰之源，通晓兴衰成败之道，深刻总结过去，"为天地立心，为生民立命，为往圣继绝学，为万世开太平"，学习历史经验，吸取历史教训，有所作为，牢牢肩负起复兴中华民族的伟大责任。

大理的雨

有了淅淅沥沥的细雨洗礼，才是大理最醉人的模样。

晨光熹微，天色是浅淡雅致的蓝，与远处的洱海融为一体，是夏日的冰激凌融化后的一抹浅色，唤起人无限的好心情。与夏季暴雨的猛烈捶打与梅雨季忧郁的灰调不同，大理的晨雨是清秀而温柔的，就如同大理本身。细密的雨斜斜地交织着拂过窗棂，像蛛网般轻柔，在阳光下浮漾着圈圈光晕，每片流光都藏匿着一个小小的彩虹。雨滴打在窗上化为清脆的鼓点，带着风铃被风吹起轻摇的韵律，组成一支支悦耳的舞曲来唤人们起床。

窗外朵朵纯白的、嫩粉的蔷薇旋着嫩瓣，被夏雨轻柔地抚摸后绽放得更加明媚动人，娇弱得仿佛是放在橱窗里的一碰就碎的珍贵品，使人不住地浮起怜爱之心。枝叶稍显费力地将雨滴托在掌心，小心翼翼地珍藏。透明的雨珠衬托着叶片，更加显现出一种生机盎然的墨绿色，是夏日的画布上最浓墨重彩的鲜活的一笔。

雨持续的时间不久。伴随着初日愈升愈高，待到高挂在蔚蓝的天际、阳光普照院落时，雨的舞曲便渐入尾声。雨也宛如夏日最清纯的清酒，青涩的回甘在一片温润间久久未去。淋过雨后濡湿的树木散发出一股淡淡的清新的木质香，混合着甜润的花香和泥土质朴的气息，荡漾在空气中，动人心弦。一只灰色的小松鼠沿着屋檐轻巧地跑过，身上沾染着粉色的花瓣和清晨的露水，为这个平凡的夏日增添了一份生气。

窗外润雨悄无声息，屋内键盘滴滴答答。我有幸能记录我眼中的雨，我眼中的大理，我眼中的向往的生活。

插画作者简介：

吉建芳，陕西延安人，新闻高级编辑、记者，中国作家协会会员。1996 年开始创作并发表漫画作品，曾为著名作家、文化部原部长、人民艺术家王蒙的十部著作绘制插画。出版文学、漫画、插画类图书八十余部，作品曾刊登在《人民日报》等媒体上，曾在中国国家博物馆、国家图书馆等展出。